後宮の華、不機嫌な皇子

～予知の巫女は二人の皇子に溺愛される～

たかつじ楓 Kaede Takatsuji

アルファポリス文庫

https://www.alphapolis.co.jp/

到底縁のない場所だと思っていた。

「郭春玲と申します。皇子様の命により、馳せ参じました」

震える声で名乗ると、門番たちは規律よく拳を合わせ敬礼をする。

鉄製の鎧を着た屈強な兵が合図をすると、重厚な門が軋みながらゆっくりと開いた。

朱色に塗られた屋根、広大な宮廷が視界いっぱいに広がる。

門の前に立っていた少女は、自分の背丈ほどある刀剣を握る門番に軽く会釈をする。

城下町の小さな医院の手伝いをしていた自分が、まさか大陸随一の大国、珠瑞国の後宮に招かれるなど、誰が想像しただろうか。

母親に着させられた、一張羅の萌黄色の襦裙が風になびく。

平民の自分と、雅びで華やかな貴族たちとを隔てていた宮廷の門は、いとも簡単に開いてしまった。

春玲は、これから自分の生活はどうなるのだろうかと、あどけない顔を不安で染めながら、宮廷への道を一歩、踏み出した。

＊　＊　＊

晴れた空から光が射し込む、心地よい朝。

後宮の一室に住まう妃嬪（ひひん）の一人が、機嫌よく鼻歌を歌っていた。

子供の頃に家族が歌ってくれた、遠い故郷に伝わる童謡。

幼馴染であるお付きの侍女が、小指につけた紅を妃嬪（ひひん）の唇に丁寧に塗り、くすりと笑った。

歌声の主は自分が化粧をされる様子を、手鏡を持ち見つめている。

薄桃の頬紅を優しく叩くと、白い肌がさらに映えるようだ。

「飛藍（ひらん）様。今日もお美しいですわ」

「ふふ、ありがとう」

飛藍と呼ばれた人物は、栗色の長い髪を結い、翡翠が埋め込まれた銀細工の髪飾りをつけ、化粧の仕上がりに満足そうに頷く。

支度が終わったと同時に、宮廷一帯に鐘の音が響き渡った。

朝議の始まりを告げる合図だ。

見た目ばかりが煌びやかで、中身は空っぽな宝箱のような、この後宮での一日が始まる。

「さ、今日も素敵な茶番を始めましょうか」

そう言って、飛藍は自虐気味に、しかし大層美しい笑みを浮かべた。

＊　＊　＊

青年は深いため息をついた。

毒味係が味見をしてから運ばれてくる朝餉の粥は冷めていて、大陸中から取り寄せた高級な具材も、眠れぬ夜を過ごした体にはひどく重く感じる。

「皇子、湖月皇子。もうすぐ朝議の時間でございます」

玉座に肘をつき首をもたげていた青年は、宦官の声に視線を動かし目だけで返事をした。

整った顔立ちだが、青白い顔色と薄い唇が、彼を一層冷たい印象にしている。

彼の不遜な態度には慣れていると、烏沙帽を被った宦官はさらに続ける。

「今日は新しい娘が後宮に入ってくるようですよ」

その言葉にふん、と鼻で笑い、珠瑞国第三皇子、湖月は口の端を歪めた。

「……くだらん。何人来ようが同じだ。私に妃は必要ない」

次から次へと飽きないものだ。大陸中の若い女を集めた博覧会のようで、先人たちの趣味の悪い慣習だと呆れる。

痛む頭を隠すように、湖月はその細い指で自らのこめかみを押さえる。

「次期皇帝が何をおっしゃるのです。さあ、準備を」

重臣たちはそんな湖月にも慣れた様子で、支度をするよう促す。

湖月がため息をついて窓の外を眺めると、初めて見る気弱そうな少女が、不安げに辺りをきょろきょろと見回し歩いている。

切れ長の目を細め、気の進まぬ儀式に向かうため湖月はゆっくりと立ち上がる。

生い立ちも身分も違う三人が後宮に集い、恋を知らない者たちの運命が少しずつ動き出す――

第一章　後宮での御目通り

医者は傷だけでなく、心の痛みも癒すものだ。

父は幼い春玲にそう言い聞かせていた。

戦で傷ついた兵士たちや、病魔に苦しむ町人を助けるために、朝から晩まで駆け回っていた父ならではの言葉だ。

今から二代前の皇帝の頃、その腕を見込まれ、春玲の祖父、郭諒修は宮廷医師として暮らしていたようだ。

穏やかな気性で傷を癒す宮廷医師として絶大な信頼を得たそうだが、もっと多くの人を救いたいと、自ら進言し町へ下りたらしい。

金や権力には興味がなく、城下町の端に小さな医院を建て、質素だが、町人たちに愛される医師として生涯を終えた。

その後、お人好しの性格が遺伝したのか、怪我人から金は取れないと無料同然で治療をしていたせいで、春玲の父の代には家計は火の車となっていた。

こうなってはもう、医院は畳むしかないと思っていたら、その噂を聞きつけた宮廷の役人が家を訪れた。

郭諒修には宮廷医師時代に世話になった、その一家が路頭に迷うのは見過ごせない、と。

年頃の娘がいるのなら、後宮に入るがよい。皇子は妃を探しているし、後宮に入った妃嬪(ひひん)の家族には一生食うに困らない褒賞を出す、とのことだった。

しかし、後宮は、一度入ったら一生出られないと言われている。

誰もが羨(うらや)むような提案だったのだが、父は腕を組み長考し、役人を一度帰らせた。

よく家の手伝いをしてくれる、素直で純粋な愛娘である春玲を、欲望渦巻く宮廷に行かせるのは胸が痛んだのだろう。

自分の人生なのだから、よく考えろ。家のことは心配しなくていいと、父も母も言ってくれたのだが。

それで実家の医院が助かるのならば。

また町の人々の健(すこ)やかな生活と笑顔が守られるのならば、と、春玲は心から承諾した。

不安もあるが、少しだけ憧れの気持ちもあったのかもしれない。

――しかし、一歩宮廷へ足を踏み入れてみたら、その期待はいとも簡単に打ち砕かれた。

金箔が塗られた壁に、象牙でできた柱。

蓮の浮いた池、輝く噴水、金屏風に絨毯(じゅうたん)。

そして色とりどりの服を身を纏い、宝石を飾りつけた、妃嬪(ひひん)たちが談笑しながら歩いている世界。

平民の自分には、到底場違いな場所だと、女官に促されるがまま自分の部屋に向かうまでの道中で、早くも春玲の心は折れていた。

＊　＊　＊

大陸の東に位置する珠瑞国は、大河に隣接しているため、大小含めた多くの国との交易によって成り上がった。

南部で採れる果実や穀物、西部での豊富な畜産の肉や植物が、城下町で比較的手に入りやすいのも、そういう理由だ。

天候にも恵まれ、乾燥しすぎず適度に雨が降るおかげで、農作物も豊かに育つ。

その土地を羨(うらや)んだ他国が戦を仕掛けてくることも多々あるが、大河を渡らねば攻め込むこともできず、宮廷で鍛え抜かれた何千もの兵が迎え打つため、いまだに敗れたことはない。

地の利と兵力に恵まれた珠瑞国の栄華は、百年以上も続いている。

現皇帝の禧秀(きしゅう)は、政事に長(た)け市民からも慕われる名君だが、生来体が弱く、数年前より病に伏せていた。

皇帝には成人した三人の息子がおり、三男である湖月が次の皇帝との呼び声が高い。

本来ならば後宮は、皇帝の妃を住まわせる場所だ。

しかし病弱な禧秀皇帝は、自分が存命の内に息子に世継ぎを作ってほしいと、皇后ではなく皇太子妃とするべく、由緒正しき血筋の女性を後宮へと集めた。

実際、政事や隣国との外交などは、才のある湖月が全てこなしているという。

珠瑞国の宮廷の門を入ると、朝議（ちょうぎ）が行われる大きな広場がある。

そこから北、東、西に三つの離宮があり、それぞれ玉の名前がつけられている。

宮廷の広場から北側、翠玉殿（すいぎょくでん）と呼ばれる皇族の私邸がある広い建物があり、ここは下々（しもじも）の者は入ることはできない。

東側には、文官や官吏たちが業務を行い、武官たちが体を鍛え兵力を高めている碧（へき）玉殿（ぎょくでん）があり、日中は人々が忙（せわ）しなく活動をしている。

そして西側には、金で飾りつけられた豪奢（ごうしゃ）な紅玉殿（こうぎょくでん）が聳（そび）え立つ。

一歩足を踏み入れると、むせかえるような甘い香りが漂っているというそこは後宮で、皇子の未来の妃となるべく、若く美しい女性たちが諸国より集められているのだ。

彼女たち妃嬪（ひひん）は、各々（おのおの）部屋と侍女を与えられ、毎日美しい服と宝飾品で着飾り、優雅に過ごしている。

通常なら、後宮にいる女は皆皇太子妃候補なのだが、相手はあの「女嫌い」で名高い湖月皇子だ。誰にも手をつけず、閨(ねや)を共にすることがないため、いまだに皇子の寵愛を受ける者はいない。

妃嬪(ひひん)たちは次期皇帝である湖月に気に入られ、いずれ皇太子妃、皇后になれるよう、他の女に後(おく)れを取らぬと水面下での戦いを繰り広げているらしい。

城下町で生まれ育った平民の春玲も、本日よりその仲間入りである。

長い長い回廊を歩き、最奥の部屋へと通された。そこが今後、春玲が過ごす場所として割り当てられたようだ。

位の高い者から順に皇族に近い部屋を渡されるので、新入りかつ平民の春玲が一番遠い部屋なのは順当である。

それでも、自分一人の部屋にしては勿体ないほど広く、調度品も揃っており、実家とは比べ物にならない豪華さである。

「春玲様、初めまして。わたくしは琳々(りんりん)と申します。春玲様の身の回りのお世話をさせていただきます」

部屋で出迎えてくれた小柄な少女は、春玲の侍女らしい。

皺一つない赤紫色の襦裙を身に纏い、主人である春玲に頭を下げる。

「初めまして琳々、よろしくね」

挨拶をすると、琳々は愛嬌のある笑みを浮かべた。

「春玲様は、城下町で医院をされていたんですってね。お仕えできて光栄です！」

「あはは……でも私は父の手伝いをしていた程度なので、医学の知識などはあまり期待しないでね」

「ええ、春玲様は妃として来られたのですから。身だしなみはわたくしにお任せください」

そう告げると、琳々は両手に櫛と髪飾りを持ち、春玲を椅子に座らせ髪を撫でた。

櫛で梳き、器用に髪を結い上げていく。

あっという間に髪を整え、耳の横に綺麗な金銀細工のかんざしを刺した。

お似合いですわ、と小さく拍手をした琳々は、衣装棚から出した花鳥の刺繍が施された薄紅色の上質な紗地の衣を春玲に着せ、金色の帯を巻き留めていく。

身の回りの世話が彼女の仕事とはいえ、化粧や着替えまでしてもらえるとは思っていなかった。

春玲がされるがままに着せ替え人形と化していると、あっという間に着替えが終わり、姿見の前まで案内された。

「わあ、なんだか自分じゃないみたい……！」

丁寧に結われた黒髪に、髪飾りが上品だ。薄紅色の衣には金色の糸で胸元に刺繡が施されており、愛らしさを引き立たせている。

「これから皇子様への御目通りですから、このくらい着飾らなくては。これで他の方たちにも負けませんよ！」

琳々が渾身（こんしん）の出来だと言わんばかりに春玲の肩を叩くと、宮廷一帯に鐘の音が響き渡った。

「謁見の儀が始まりますわ。では、春玲様、参りましょう」

鐘は皇族出席の儀式の開始を告げる合図らしい。

鏡をもう一度見て、きっと大丈夫だと自分を鼓舞し、琳々と共に部屋を出た。

朝儀は宮廷の中の一番中心にある、広場で行われる。

陽の光があたり、真っ白な石畳がそれを反射する。

広場の警護をしている武官に、新人は皇子の御目通りをするため一番前へと並べ、と命じられ、春玲は会釈をして歩き出す。

すでに集まっていた、後宮に住む他の妃嬪たちは、今日来たばかりの春玲の姿を見ては小声で噂話をしている。

「あの子、今日から入った新人らしいわ。なんでも、医者の娘とか」

「へえ。でも地味で冴えないし、私たちには敵わないわね」

わざと聞こえるように言っているのであろう、陰口が後ろ髪を撫でる。

しかし反論の余地はない。春玲は自分でも、この中で一番地味で冴えないと思っているのだから。

なるべく皆の視界に入らないようにと、顔を伏せ体を縮こまらせる。

見上げた先には、皇族しか座ることが許されない玉座が置いてあり、その左右には剣を持った屈強な兵士が立っている。

もう少し経てば、そこにはお仕えすべき皇子が座るのだ。緊張した面持ちで春玲は息を吐く。

背後が少し騒がしくなったと思ったら、二列に並んだ妃嬪たちが皆入り口を振り返っているので、春玲もそちらに目を向ける。

するると、そこには目を見張るほど美しい女性が悠然と立っていた。

真紅のかんざしと同じ、紅い衣が透けるような白い肌を一層際立たせる。

すらりとのびた背に、栗色の髪がなびいている。

「飛藍様だわ、今日もお美しい……！」

同性からも感嘆の声が漏れてしまう。甲冑を着込んだ厳つい見張りの将軍でさえ、自然と鼻の下を伸ばしている。

女性は最後に広場へと入ってきて、堂々と背筋を伸ばし中心の道を歩いている。

美しいだけでなく、どうしても目で追ってしまう華のある人だな、と春玲は思った。

春玲の隣に並んだその注目の的は、横にいる新人を見つけると片眉を上げげた。

「あなた、今日から後宮入りしたっていう？」

「は、はい！　春玲と申します」

声をかけられたのですぐさま名乗り頭を下げる。

「そう、私は飛藍。何かここで分からないことがあったら、いつでも聞いて」

「ありがとうございます」

飛藍と名乗った人物は優しく微笑むと、玉座の方に向き直った。

長い髪に差した、大きな翡翠のついた銀の髪飾りが、陽の光を受けきらりと光る。

「さすが飛藍様、新人を気にかけるなんてお優しいわね。『後宮の華』と呼ばれているだけある」

「一番の寵妃候補よね。さすがにあのお方には敵わないわ」

後ろにいる者たちが、憧れの眼差しを向けたまま囁き合っている。

どうやら、見目麗しい飛藍は『後宮の華』と呼ばれ一目置かれているらしい。

距離を置かれている春玲を見て、すかさず声をかけてくれた優しさを感じ、外見だけでなく心根も綺麗な人だな、と春玲は思った。

「湖月皇子がお入りになる。頭を下げよ！」

玉座の横に立つ宦官が声を上げると、広場に並んでいた妃嬪たちは一斉に頭を下げた。

春玲も慌てて礼をする。

中央の扉が開くと、周りを兵士に囲まれた青年が憮然とした表情で歩き、玉座へと腰かけた。

侍官の声がけで全員頭を上げ、姿勢を正す。

春玲が見上げた先には、皇族を表す藍色の衣を身に纏い、琥珀の束髪冠を頭頂部に載せた長い黒髪の青年がいた。

その者が珠瑞国第三皇子、湖月であり、春玲の仕える存在である。

「――大事ない」

低い声で一言告げ、湖月は玉座の肘掛けに肘をついた。

「本日後宮入りした者よ、一歩前へ出て皇子へ御目通りをせよ」

「は、はい！」

宦官からの指示に、緊張して声が裏返ってしまった。

春玲は一歩前へ出て、膝をつき深々と頭を下げた。

「春玲と申します。以後お見知り置きを」

胸の前で重ねた両手がどうしても震える。

「三代前の王に仕えた宮廷医師、郭諒修の家系の者でございます」

珠瑞国の後宮では、家系の良し悪しで妃嬪同士軋轢を生まぬよう、性は名乗らないのが暗黙の了解のため、宦官が小声で耳打ちするも、湖月は心底興味がなさそうに無言で座っている。

「はい、若輩者ではございますが、皇子のお役に立てるように精進いたします」

家で練習してきた言葉を告げる。

「……そうか」

そんな春玲の緊張など知らぬとばかりに、温度のない声を一言だけ発し、湖月はそのまま口をつぐんでしまった。

御目通りの終わった春玲は元の位置に戻り、それ以降は宦官から連絡事項や後宮での行事予定、周辺国の情勢などの報告がされる。

その間、湖月皇子は無表情を崩さない。整った高貴な顔立ちなだけに、一層不気味である。

春玲には、自分のために用意された美しい女の集うこの後宮ごと、意味のないくだらぬものだと諦め切っている顔に見えた。

人生で一番緊張した謁見の儀が終わり、春玲はほっと胸を撫で下ろす。

結局、湖月は以降一言も声を発することなく、宦官の報告が終わると奥の扉を開け側近の武官と共に帰っていった。

ここに来るまでは、皇子というのはもっと傲慢で傍若無人な存在だろうと恐れていたものだから、安心半分、肩透かし半分であった。

妃嬪たちは、口々に囁き合う。

「今日もすぐ終わったわね」

「相変わらず、『不機嫌な皇子』は今日もご機嫌ななめだったわ」

皇子の不遜な態度に慣れている他の者たちは、やれやれ、とため息をついて各々の部屋へと帰っていった。

春玲のいる城下町にも、その噂は届いていた。

現皇帝には三人の息子がいて、第一皇子は穏やかで優しく、第二皇子は明るく朗らかだが、第三皇子は氷のように冷たい男だと。

その人柄を聞き、彼の妃嬪になるのは気が引けたが、自分が気に入られて権力争いに巻き込まれることは、万に一つもないだろうと踏んだのだ。

目立たず、誰の恨みも妬みも買わず、ひっそりと宮廷の中で過ごす。そうすれば、父母の生活と医院の今後は保障され、生まれた町の人々が怪我や病気をした際も安心だ。

「湖月皇子、か……」

吸い込まれるような黒い瞳の奥に、彼は何を見ているのだろう。

それにしても、気疲れをした。

着飾ってもらった服も髪も、なんだか自分ではないみたいで窮屈だ。部屋へと戻り、簡素な服へと着替えてゆっくりしたいと、春玲は回廊を歩く足を速める。

その時、どこからともなく澄んだ花の香りがした。

ここは宮廷の中で花などは咲いていないため、不思議に思い春玲は辺りを見回す。

すると回廊の一番奥、掛け軸が掛けられた場所に、春玲の腰の高さほどの棚があり、香炉が置かれていた。

なぜだか吸い込まれるかのように、春玲はその香炉の前へ歩を進めた。

青銅器で、縁(ふち)には金箔が塗られ、表面には牡丹(ぼたん)の花の絵が描かれている。

その香炉から、白い煙がゆっくりと立ち上っていた。

梅花の香りのようで、ひと吸いすると不思議と心が落ち着く。

妙に神々しいその香炉は、誰かから皇帝への貢ぎ物だろうか。宮廷に相応しい威厳を放っている。

綺麗な香炉の縁に傷が入っているように見えて、春玲はそっと指先でなぞった。

しかしそれは傷ではなく、何やら文字が彫られている。

「春鳳……って書いてあるのかしら？」

香炉に彫られた文字を撫でながら呟くと、急に目の奥がずきりと痛んだ。

「痛っ……！」

急な頭痛に、こめかみを押さえてうずくまる春玲。

すると頭の中に、ある光景が流れ込んできた。

＊　＊　＊

宮廷の謁見の間、位の高い皇族しか身に纏えない、金の刺繍で龍が描かれた藍色の衣を着て玉座に座っている男性。

『春鳳、そなたの予知がまた当たったぞ。おかげで勝ち戦となった。褒美をとってつかわそう』
皇帝と思しきその男性は、嬉々として告げる。
玉座の前に敷かれた赤い絨毯の前に、膝をつき頭を下げている若い女性が答える。
『ありがたき幸せでございます、陛下』
春凰と呼ばれた女性は、穏やかな笑みを浮かべて顔を上げた。

場面が変わり、新緑が茂る庭で、背の高い男性と連れ添って歩いている春凰の姿。

風がそよぎ、その長い黒髪を揺らす。

『聞いたぞ春凰、陛下が大層お喜びだったようではないか。さすが予知の巫女だな。伴侶として、私も鼻が高いぞ』

恋人と思しき男性は、春凰に笑いかける。

『ふふ、諒修様に愛されて、わたくしは幸せでございます』

そう微笑む春凰に、彼は眉を下げて照れたように頬を掻く。

『宮廷医師として私も信頼されるようになってきた。これからは、君を必ず幸せにするよ』

そう言って、諒修と呼ばれた男性はそっと春鳳の肩を抱き、若い男女は寄り添い合う。

『嘘でございます、そんな女の言うことを信じるのですか！』

けたたましい女の叫び声が、宮廷に響き渡る。

玉座に座った皇帝は苛だたしそうに、派手に着飾った妃の訴えを聞いていた。

『しかし、事実そなたの部屋から毒薬が見つかった。他の妃に毒を飲ませて殺すつもりだったのではないか？』

武官に羽交い締めにされた妃は、結った長い髪を振り乱している。

皇帝の側に立つ春鳳は、その様を毅然とした顔で見つめている。

『わたくしは、貴女が第二妃に毒を盛り命を奪う未来を予知いたしました。明日の祝言の際に、祝膳に盛る予定だったのでしょう』

堂々たる立ち姿の春鳳が告げる。

『嘘よ……！　この私を陥れるためについた、胡散臭いその女の嘘……！』

悔しさのあまりか、噛み締めた唇から血が流れる。

『呪われろ、予知の巫女！　そなたなど、この後宮に不和をもたらす元凶よ！』

金切り声と共に、妃は引きずられて牢獄へと連れていかれる。

『――私の予知の力は、よき未来に進むよう、この国や皇帝に捧げた。ただ、心を巣食われた悪き者たちからは、未来を読むこの力は憎まれる。きっと私は多くの者から恨みを買い、そう長くは生きられまい』

真っ暗な部屋の中、春鳳の声だけが響いている。

『私の子、そしてまた、その子供が苦しまぬよう。正しい方向へと導けるよう、心から祈っているわ。どうかよき主に仕えて、心根の正しい伴侶を見つけてほしい』

自分の子を孕(はら)んだ大きなお腹を撫でながら、これから生まれる小さな命に想いを馳せている。

『それが、予知の巫女と呼ばれた、母からの願いです』

心臓の音がどくん、どくんと響く。

それが遠い過去に生きた、未来を読める巫女のたった一つの願いだった。

＊＊＊

「――れいさま、春玲様！」

自分を現実に引き戻す声が聞こえて、春玲は息を呑んで顔を上げた。

侍女の琳々が、道の端で真っ青な顔をしてうずくまっている春玲を見つけて、慌てて駆け寄ったのだろう。

春玲の額に浮かんだ汗を布で拭き、背中をさすってくれていた。

「謁見の場で緊張されたのでしょう。大丈夫ですか？」

先ほどまで、自分は湖月皇子と大勢の妃嬪（ひひん）の前で御目通りをしていたことを思い出す。

目の前には、青銅器の香炉から、梅花の煙が焚（た）かれているのが見えた。

「今の景色は、なに……？」

春玲は痛んだ頭を押さえながら呟き、琳々に支えられて半身を起こす。

その香炉には、『春鳳』という二文字が刻まれてある。

先ほど見た白昼夢の中で、長い黒髪の美しい女性が呼ばれていた名前だ。

「琳々、この香炉について、何か知っている……？」

もう頭は痛まない。大きく息を吸い、側に立つ琳々に尋ねる。

「ああ、こちらは『春鳳香炉』ですね。かの有名な、予知の巫女と呼ばれた春鳳様が造らせたという、とても高名な逸品ですよ。ご存じないですか」

長く後宮に勤めているという琳々は、当たり前のように告げる。

どうやら有名らしいが、初めて聞いた。

「その、予知の巫女というのは誰？」

「もう五十年以上前の話なので、わたくしも言い伝えを聞いただけですけどね。昔この宮廷には、これから起きる未来を読むことができる、予知の巫女という方がいたんです」

まるでおとぎ話のような話を、琳々は教えてくれた。

「その姿は高貴かつ神秘的で、戦の勝敗から天災や飢饉（ききん）の予知まで、百発百中だったそうです」

金箔の塗られた香炉は、二人の話を聞きながら梅花の香りを漂わせている。

「この珠瑞国が栄えたのも、予知の巫女がいたからとまで言われているんです。ただ、若くして亡くなられたそうです。噂では、皇帝から寵愛を受けていると勘違いした皇后の恨みを買い、暗殺されたとか……」

可哀想ですよね、という琳々の言葉に春玲は、ふう、と息を吐く。

五十年以上前に宮廷に仕えていたという『予知の巫女』、春鳳。

頭の中に流れてきた景色では、寄り添っていた男性は宮廷医師で、郭諒修と呼ばれていた。

郭諒修は、自分の祖父の名前だ。

宮廷医師として名を馳せたが、ある日急に野に下り、城下町に医院を開いた。

貧しい町人たちのために安価で治療をした人格者だと慕われ、春玲が生まれる前にこの世を去っていた、気高き祖父。

愛しの妻を失った彼は、陰謀渦巻く宮廷での生活に絶望し、幼子と共に去ったのかもしれない。

なら、『予知の巫女』は私の祖母で、お腹の中にいた赤子は、私のお母さん？

私は、予知の巫女の孫？

春玲の鼓動は、急に高鳴り出した。

俄（にわか）には信じ難いが、春鳳が造らせたというこの香炉に触れた途端、頭の中に流れた情景が、ただの白昼夢だとは思えない。

気高き予知の巫女が、血の繋がった孫である春玲が触れた際に見せるようにした景色だったのだろうか。

そしてもしかしたら、孫娘が後宮入りする未来すら、彼女は読んでいたのかもしれない。

「……そうなのね、教えてくれてありがとう琳々。体調は大丈夫よ、心配かけてごめんなさい」

「よかったです。冷えますから、部屋に戻りましょう」

琳々に促され、春玲は用意された自分の部屋へと向かう。

この後宮に導かれてきた自分に運命めいたものを感じ、もう一度、美しい春鳳香炉を見つめてから、踵（きびす）を返した。

琳々と並び歩き、自室の前へ辿り着く。

扉を開けて中に入ろうとした際、赤い絨毯が敷かれた道の中央に、何か光るものが落ちているのに気がついた。

春玲が手を伸ばして拾い上げると、それは大きな翡翠の宝石がついた銀の髪飾りだった。

「わあ、綺麗な髪飾りですね。どなたかの落とし物かしら」

美しい細工に、琳々が感嘆の声を上げる。

侍女たちがこんな高価な髪飾りをつけるとは思えない。

「きっと朝議で集まった妃嬪の誰かのでしょうね」

春玲が碧色に輝く翡翠の宝石を撫でた途端――

『くそ、どこで落としてしまったんだ。故郷の仲間からもらった、大切な髪飾りなのに……！』

苛だたしそうな若い男性の声が、頭の中に響き渡った。

『盗まれたじゃ済まされない。宮廷の隅から隅まで探さなくては』

耳からではない、脳みそに直接聞こえるような、焦っている男性の声。

直後、長い栗色の髪を結い上げ朱色の衣を纏い、同じ色の紅を引いた、後宮の華と呼ばれし美しき妃嬪、飛藍が、足早で宮廷内を歩いている姿が目の前に浮かぶ。

形のいい唇を結び、額に汗を浮かべて、いつもの優雅さはなく必死に何かを探し回っている様子だ。


一瞬にしてその情景は目の前から消え失せ、視界には自分の手のひらの上の翡翠の髪飾りと、それを覗き込んでいる琳々の姿が映った。

まるで、これから起こる未来を予知したかのような景色に、春玲は言葉を失った。

「どうしましょう、落とし物だと侍従長に伝えて、明日の朝儀の際にどなたのものか聞きましょうか」

何人もいる妃嬪の部屋を逐一訪ねて回っては、日が暮れてしまう。

琳々の問いに、春玲は首を横に振る。

「これは、きっと飛藍様の髪飾りだわ」

後宮の華と噂されるほど美しく、初対面の自分にも気さくに話しかけてくれた飛藍。

隣に立っていた彼女の髪に、確かにこの髪飾りがつけられていたはずだ。

目の端に映っていただけで、すぐに忘れてしまうような髪飾りを思い出したのは、今頭の中に流れ込んできた景色のおかげだ。

先ほど香炉に触れた時に、数十年も前の宮廷での予知の巫女の姿を見た。

今は、髪飾りに触れた瞬間、後宮の華の姿が見えた。

頭に浮かんだのが、この髪飾りを失くしたことに気がつき、必死に探す飛藍だとしたら。

数刻後に起こる、『未来』が視えたのだろうか。

もしかして、私にも予知の能力が目覚めたのかもしれない。

ふと浮かんだ、おおよそ信じ難い仮説に、春玲は息を吞む。

しかし、今は考えていても仕方がない。

きっと飛藍は困っているはずだ、と春玲は碧色に輝く翡翠を傷つけないようにそっと手のひらで包んだ。

琳々に飛藍の部屋の場所を教えてもらった。

一つ隣の棟の、手前から三つ目の部屋だと聞いたので、琳々には先に自室へと戻ってもらい、飛藍の元へと向かう。

非常に凝った細工の髪飾りだ、失くしたら困るに違いない。

頭に流れてきた景色の飛藍は、謁見の間の際に優雅に佇んでいた美しい姿だった。

しかし、聞こえた声は、彼女の声とは違うように思えた。

新人の春玲に気さくに挨拶をしてくれた声色とは異なり、低く砕けた口調で、まるで男性のそれだった。

春玲は頭の上に疑問符を浮かべたまま、飛藍の部屋まで向かう。

部屋まで行くと、入り口の漆塗りの扉が半分開いており、中が見えるようになっていた。

不用心だな、と思いつつも、開いている戸から顔を入れ恐る恐る声をかける。

「飛藍様、春玲でございます。少しよろしいでしょうか?」

しかし返事はない。

もう一度声をかけようと、部屋の中へと足を踏み入れ、大きく口を開いたところ、

「ああ、さっぱりした。やはり湯浴みは最高だ。香南、着替えを出しておいて」

奥から飛藍と思(おぼ)しき声が聞こえた。

香南というのは侍女の名前だろうか。今日は陽が照っていて汗をかいたからだろう、部屋の奥で湯浴(ゆあ)みをしていたようだ。

「まったく、今日も皇子は何も話さないくせに、ほんと形式だけの面倒な儀式だ」

飛藍は心を許した侍女相手だと思っているらしく、軽口を叩いている。

聞かなかったことにしよう、と思ったところで、部屋の奥から足音が近づいてきた。

そうして姿を現したのは、濡れた髪を布で拭きながら、上半身を露出した、湯浴(ゆあ)み直後の飛藍だった。

話しかけていた相手が侍女でなく、春玲だったことに気がついた飛藍の顔が一瞬で固まった。

「おくつろぎのところ失礼いたします、飛藍様。髪飾りを——えっ？」

落とし物を渡してすぐに帰ろう、と遠慮がちに言葉を発した春玲だったが、思わず息を呑んでしまった。

手入れされた長い髪、白い肌に大きな目。

『後宮の華』と謳(うた)われし、美しき人。

しかし、その裸は、細腰で中性的とはいえ、誰がどう見ても男の体だったのだ。

第二章　青い海を見ながら

春玲に気がつき舌打ちをした後の、飛藍の動きは俊敏だった。

大声を出される前に春玲に近づき手で口を塞ぐ。

後ろ手で半開きの扉を閉め、籠（かご）に入った旬の果物と一緒に置いてある、皮を剥く用の小刀を手に取ると、春玲の首元に押し当てた。

「――ここへ何をしに来た」

後ろから片手で口を塞がれ、片手で刃物を突きつけられている状態で、春玲は恐ろしさで何も話すことができず震えていた。

「湯浴（ゆあ）み中の丸腰を狙ったか、水に毒でも混ぜようと思ったか？　この後宮の中では、自分以外の妃は全員敵だもんな」

耳元で囁く声は、謁見の儀で緊張している自分に話しかけてくれた優しいものとは違う。

返答を誤れば躊躇(ちゅうちょ)なく命をも奪うだろう、無慈悲な調子だった。

先ほど翡翠(ひすい)の髪飾りに触れた時、頭の中に流れ込んできた声と同じ、男性の低い声。

春玲はそんなつもりはないと、必死で首を横に振った。

両手で大事に持っていた、翡翠(ひすい)の首飾りを見えるようにした。

背後の飛藍は、その宝飾を確認すると、腕の中の春玲を見下ろす。

「それを盗もうとしたのか、泥棒猫が」

「ち、違います、道に落ちていて、飛藍様のものだと思って渡しに……！」

口を塞がれているのでうまく息が吸えない。くぐもった小さな声で告げると、飛藍は眉根を寄せて思案した。

「ん？　確かに、湯浴(ゆあ)みする時髪を解いたが、髪飾りはなかったな。そうか、道に落としていたのか」

思い返すように独り言を呟くと、飛藍は春玲の姿をもう一度上から下まで眺める。

納得したのか、拘束していた腕を離した。

「すまない、それは間違いなく俺のものだ。儀式で疲れているだろうに、着替えもせずすぐに届けてくれた人を泥棒扱いして悪かったね」

先ほどとは違い、あっけらかんとした調子で飛藍は謝罪をし、手に持っていた小刀を机の上へと置いた。

解放されたので、春玲は首をさすりながら咳払いをする。

「……いえ、私も戸が開いていたとはいえ、勝手に部屋へと入ってしまってすみません」

やはり部屋の住人が出てくるまで、扉の外で待つべきだった。あらぬ疑いを持たれても仕方がない。しかも、同じく第三皇子の妃という、好敵手同士なのだから。

誤解が解けたのはよかったが、もう一つの疑問がある。

春玲はいまだに服を着ず、上半身をあらわにしている飛藍の体を見て、すぐに目を逸らす。

ああ、と視線に気がついた飛藍は椅子にかけてあった羽織に腕を通すと、困ったように腕を組んだ。

「見たよね。――はあ。まあ、座って」

立ち話もなんだし、とため息をついて飛藍は春玲を椅子へ促した。

おずおずと座り、視線をさまよわせている春玲に、飛藍は湯浴み後に飲もうとしていたのだろう、準備していたお茶を淹れて差し出してきた。

「飛藍様は、男の人、なんですか……？」

春玲のもっともらしい疑問に、頭を掻きながら頷く。

「ああ、そうだよ」

「なんで、後宮に男の人が？」

後宮は、皇帝や皇子の妃となる女性が住む場所であり、もちろん男子禁制だ。出入りできるのも、世話役の侍女や女官。男性機能のない宦官、あとは皇族のみである。

謁見の儀で人々の視線を釘付けにしていた美しい妃嬪と、今目の前にいる人物が同一人物だとは。

化粧を落とし、簡素な部屋着を着ているが、大きな目に高い鼻、白い肌は変わらない。

飾らない素顔の方が美形に磨きがかかっているように見える。

「まさか、今日来たばかりの君にばれるとはね。着飾った俺を疑う人は今まで誰もいなかったのに」

参ったなぁと宙を見ている飛藍は、春玲の問いには答えない。

先ほど、頭の中に流れ込んできた景色は間違いではなかったのだろう。

美しく着飾った妃嬪（ひひん）としての女性の姿と、心の中で焦っていた、素の男としての声。

春玲は、急に目覚めた自分の奇妙な能力に、内心驚いていた。

ざわつく心を落ち着けるためと、二人きりで間が持たないため、出されたお茶に口をつけた。

「――あ、凄く美味しい」

一口飲むと、ふわっと甘さが広がった。その後、茶葉の香りが鼻を抜ける。

「これは、南方の地域に咲く花で作る茶葉ですかね。この辺で手に入るなんて珍しい」

心が落ち着く味だ。春玲はもう一口飲もうと口をつける。

「分かるのか！　そう、これは俺の生まれ故郷で採れる茶葉だ。家族からここへ送ってもらった」

味を褒められたのが嬉しかったのか、茶葉を当てられたのに驚いたのか、飛藍は目を輝かせた。

「ここでどんな高価なものを飲んでも、結局この茶が一番なんだよな」

飛藍も楽しげに茶器に口をつける。

春玲は実家の医院を手伝う際に、怪我をした旅人を診たことがある。お礼にと故郷の茶葉や食料をもらうことも多い。

特徴的な花の香りのするこの茶は、春玲もお気に入りだった。

「俺は南方の遊牧民出身だ。定住地を持たず、馬に乗って仲間たちと広い大地を移動する」

茶を褒められたことで気を許したのか、飛藍は身の上話をぽつり、と語り始めた。

色素の薄い栗色の髪と瞳は、遠方出身だろうと思っていたが、やはりそうらしい。

しゃんと伸びた背筋と長い脚は、普段馬に乗って過ごしている一族だからだろうか。

「そんな遠くから来られたのですね」

来るまでに、馬で何日もかかるであろう。各地の美人が呼び寄せられるとは聞くが、まさかそんな遠くの人もいるとは。

「……後宮入りを命じられたのは、本当は俺の双子の妹だ。化粧をすれば、仲間でも見分けがつかないほど俺たちは似ている」

唇を撫で紅を引く動作をして、飛藍は口角を上げる。

確かに、服を着て化粧をしていた彼を女と信じて疑うことはなかった。

彼の双子の妹ならば、妹もきっと絶世の美女に違いない。

遠い地からでも、その美貌が噂を呼び、宮廷まで届いたのであろう。

「なぜ、妹さんの代わりに？」

宮廷からの命令は絶対だ。後宮入りを拒めば、一族一同、どんなひどい仕打ちを受けるか分からない。

茶を一口含み、故郷と家族を思い出しているのであろう、飛藍はそっと目を伏せる。

「……妹には婚約者がいる。俺も知っている幼馴染だ。そいつと結婚させてやりたかった」

想い人がいるのに後宮に送るのは、兄として心苦しかったのであろう。

「それに、妹は病弱な上、心の優しい子だ。この魔の住まう後宮では、きっとますます病んでしまうと思ったんだ」

魔の住まう、とはよく言ったものだ。

皇帝の座を奪い合うとなると、実の兄弟同士でも殺し合うこともある。

その皇帝の妻になるために、女同士の欺き合い（あざむ）も常である。

来たばかりの春玲も、すでに侮蔑の視線や陰口という洗礼を浴びた。

強い心を持たねば、すぐにでも体を壊すほどの重圧がかかるであろう。

「その分、俺はうまくやる。聞いたか？　『後宮の華』って言われているんだ」

自分の二つ名を口にして、けらけらと笑うものだから、春玲も釣られて笑った。

「確かに、とても美しくて女の私でも見惚れてしまいました」

「だろ？　他の妃嬪には負けませんことよ」

最後は声色を変えて、外で女装している時の調子で話す飛藍に、またも噴き出してしまった。

春玲の笑顔を見て、飛藍は目を細める。

「あんたも大変だな。来たくてここへ来たわけじゃないんだろ。家が診療所なんだって？」

空いた茶器に急須で茶を注ぎながら、飛藍が春玲に同情めいた言葉をかける。

儀式中に他の女性たちから言われた陰口のことを気にしているのだろう。

「いえ、私の意志で来ましたから、後悔はないです。少し不安ですが、乗り越えてみせます」

「そうか」

家族のため、町のためと言えば恩着せがましいが、間違いなく自分の意志で来たのだ。

「俺の正体のことは、同郷で共に来た侍女の香南以外は知らない。誰にも言わないでくれ。後宮では、虚偽は罪だ。ばれれば俺は死罪か、よくて拷問の果てに一生奴婢扱いだな」

飄々と言うが、その恐ろしい単語に、思わず春玲は飲んだ茶でむせてしまった。

確かに、男子禁制の後宮に男が忍び込むということは、由緒正しき皇族の子を残すという大義名分の上では、あってはならぬことだ。

「い、言いません。絶対、誰にも」

自分の行動に、人一人の命運がかかっているのを感じ、春玲は強く頷いた。

「ありがとう」

遠い南方の地で、馬に乗って自由に駆けていた青年が、この窮屈な箱庭で、性別を偽り命を賭けて生活をしている。彼の妹を想う覚悟を感じた。

「信じるよ。この翡翠の髪飾りは、小さな村なら丸ごと買えるほどの価値がある。こんなものが落ちていたら、俺ならそのまま懐にしまう。急いで届けにくるほどの、馬鹿正直なお嬢さんなら、俺のことも秘密にしておいてくれるはずだ」

え、と春玲はつい声が出てしまった。

大きくて立派な宝石だとは思ったが、まさかそんなに価値があったとは。

素手で持ってよかったか、傷をつけてしまっていないか、と心配する春玲を見て、純粋すぎて今後が心配だ、と飛藍は息をつく。

失礼します、と入り口から女性の声が聞こえた。

女官から呼ばれまして、と口にしつつ部屋に入ってきたのは、鼻の頭にそばかすのある素朴な女性だった。彼が言っていた、同郷出身の香南であろう。

香南は、女装を解いた湯浴み後の飛藍と、その前に座る春玲の姿を確認して、目を丸くする。

「あら、あらら」

最大の秘密がばれてしまった、と飛藍は肩をすくめる。

「茶飲み友達が増えたよ」

困った様子ながらも、彼は誰もが見惚れるような綺麗な顔で笑った。

＊＊＊

後宮入りした初日に、湖月皇子へ御目通りし、自分の祖母と思しき予知の巫女の残した香炉を触り不思議な力を感じ、後宮の華である飛藍の正体は男だということを知ってしまった。

城下町の医院で、平凡な生活を送ってきた春玲からすると、頭の処理が追いつかないほど怒涛の一日であった。

用意された広い寝所で泥のように眠りについた翌朝、自分の部屋にて春玲は考えた。

香炉に触れた時に、宮廷医師であった祖父、郭諒修と、予知の巫女と呼ばれた祖母である春鳳の過去が頭の中に流れてきた。

そして次に、飛藍の落とした髪飾りに触れた時、彼が落とし物を必死に探している姿が脳裏をよぎった。

この不思議な力の発動条件は、何かに『触れた』時のようだ。

もし、この国を栄えさせたとまで言われる予知の巫女が、血の繋がった祖母なのならば、何か自分にも特別な力があるのかもしれない。

それを試すために、春玲は自分の部屋にあるものに片っ端から触れてみることにした。

机に飾られた花瓶、そこに生けられた花、鏡台に、櫛(くし)や白粉(おしろい)、銅の燭台、枕。

どれも上質な生地や素材でできていて、さすが後宮だと思う。

しかし部屋中のものに触れたところで、何か景色が頭に浮かび上がったりはしない。

「そりゃ、そんな簡単には視(み)られないわよね……」

昨日の今日で予知の巫女気取りなんて、と春玲は恥ずかしくなり、椅子に座りため息をつく。

窓から風が舞い込み、椅子の背にかけてあった着物が床へと落ちてしまった。

春玲は腰を上げ、それを拾い上げる。

すると、その柔らかい生地の感覚が指を伝った瞬間、こめかみがずきりと痛んだ。

ああ、またあの感覚が来る。

三度目の感覚に確信をした時、頭の中に映像が流れ込んできた。

『痛っ！　いやだ、手を切ってしまったわ……』

女性の高い声が頭の中に響く。

侍女である琳々が、右の手のひらを見つめながら痛そうに眉をひそめている。

彼女の手のひらからは、赤い血が一筋垂れていた。

場所は水汲み場、どうやら食器を洗っている最中に皿を割り、その破片で手を切ってしまったようだ。

隣にいた他の侍女仲間に心配されながら、手元にあった花の刺繍がされている手ぬぐいで傷を押さえている。

その映像はすぐに頭の中から消え、春玲の視界には床に落ちた着物だけが映った。

琳々が怪我をしてしまうのでは、と春玲は慌てて立ち上がり、部屋の入り口へと向かう。

水汲み場へ行こうとしたが、昨日後宮入りしたばかりの自分には場所が分からない。

勢いよく部屋を出たはいいものの、回廊を歩き、紅玉殿（こうぎょくでん）の入り口の扉の前で立ち止まり、方向転換をして炊事場の方に進んだりと、所在なくうろついてしまった。

誰かに水汲み場の場所を聞こうと一度自分の部屋の近くに行ったところ、今まさに戻ってきた琳々が扉の前に立っていて、小さい声を上げて驚いてしまった。

「春玲様、如何(いかが)いたしましたか？」

琳々が、急に飛び出してきた主人に面食らいながら尋ねる。

彼女の右手には、白い手ぬぐいが握られている。

「あなた、手のひらを――」

「ああ、食器を下げていた時に、割って破片で怪我をしてしまいまして。お恥ずかしいです」

小さく舌を出して情けなさそうにしている琳々の手を見ると、血はもう止まっているようだったが、白い布には鮮血が少々染みていた。

その布の端に花の刺繍がされているところまで、先ほど見た頭の中の映像と同じ。

やはりそうだ。

何かに触った時、『少し先の未来』が視(み)えるようになった。

おそらくは春鳳香炉に触ったのがきっかけだろう。

五十年後も言い伝えられる伝説の予知の巫女、春鳳には遠く及ばないが、これから起こるあまりよくない未来を視ることができるのかもしれない。

祖母である春鳳は、孫の春玲がいつか後宮に来ることまで読んで、あの香炉に念を込めたのだろうか。

それとも、春玲の潜在能力が香炉を触った時にたまたま目覚めたのだろうか。

『この力を、どう使うもあなた次第よ』

頭の中で、春鳳の声が聞こえた気がした。

これから起こる悪い未来を視て相手を助けるも、悪用するも、春玲の心次第だとでもいうかのような言葉。

汗が頬に垂れる。

春玲は自分の力に驚きを隠せなかった。

琳々は、自分の手のひらの傷を眺めたまま固まってしまった春玲を見て、慌てて取り繕う。

「すみません、わたくしったらそそっかしくて。大した傷じゃないので、ご心配なさらず」

侍女の癖に、ろくに皿も洗えないのかと怒られると思ったのだろうか。

「いえ、痛かったわよね。今手当てをしてあげるから、こちらへ」

春玲は優しく部屋の中へと促した。

琳々を椅子に座らせると、家から持参した薬箱の中から傷薬の軟膏を取り出す。

血の滲む手のひらの傷にゆっくりと円を描くように塗り込んでいくと、染みると思って構えていた琳々は肩の力を抜いた。

ばい菌が入らないように清潔な布を巻き、固く結ぶ。

「はい、できました。しばらくは水仕事は控えてね。湯浴びをした後、寝る前にもう一度薬を塗るわ」

春玲がそう告げると、琳々は驚いたような顔で口をあんぐりと開けていた。

「どうしたの？」

「いえ、妃嬪の方に、こんなお優しい言葉をかけていただいたのは初めてで……！」

妃の面倒や世話をするのが侍女の役目なのだから、確かに妃嬪は侍女の世話をしないのかもしれないが。

「怪我をしている人に、水仕事をやれなんてひどいこと言わないわ」

「ありがとうございます。わたくし、春玲様にお仕えできてよかったです！」

まだここに来て二日目だというのに、瞳を潤ませて感動している琳々に、以前は高飛車で冷たい主人に仕えていたのだろうかと心配になった。

それと同時に、琳々の着物に触れた瞬間、彼女が手のひらに怪我をする映像が頭に流れてきたことを思い出す。

やはり、『何かに触れた』時、『少し先の未来』を読むことができるというのは当たっているようだ。

水汲み場の場所が分からず、右往左往していた時間がなければ、琳々が怪我をする前にその未来を変えることができたかもしれないのに、と春玲は自分の行動を悔いる。

落とした髪飾りを探していた飛藍の姿を視た際は、春玲が拾って彼に届けることで、その『未来』を変えることができたのだ。

あのまま何もしなかったら、もしかしたら、故郷の者からもらった高価で美しい髪飾りを誰かに盗まれ、あらぬ不和を生んでしまっていたかもしれない。

手に巻かれた包帯を嬉しそうに撫でている琳々に微笑みかけながら、春玲は、自分にできることなら、身近な人の不幸は起こる前に止めてあげたい、と心から思った。

それが、亡くなった祖母である春鳳の本懐なのではないか、と。

「ああ、そうだ。仕事がまだ残っているんでしたわ」

祖母に思いを馳せていたら、琳々が仕事の続きをしようと立ち上がった。

「怪我してるのに、水仕事も力仕事も駄目よ。私がやるわ」

春玲が慌てて止めると、琳々は驚いて目を丸くする。

実家の医院では忙(せわ)しなく毎日手伝いをしていた春玲は、後宮に来てから手持ち無沙汰(ぶさた)で不満だった。

「そんな、申し訳ないです」

「気にしないで。水汲み場まで案内してくれるかしら？」

さっき広い後宮内で迷い、途方に暮れていた春玲は琳々に案内役をお願いする。

部屋の外へと出ると、暖かい陽の光が射し込んでいる。

水汲み場までは、迷い込んだ場所と全く反対の道から行くようだった。

到着し、水甕(みずがめ)いっぱいに水を入れ、自分で持って帰ろうとしている琳々を止める。

「私が持っていくから大丈夫よ。傷を負った人にこんな重いもの持たせられないわ」

「いえ、わたくしは侍女です。ご主人様の綺麗な指先に傷がついてはいけません」

歳もそう変わらない少女の琳々は、宮廷での身分の違いを春玲に伝える。

「春玲様は、いい香りのお香を焚いたり、髪を梳かしたり、教養のために詩を詠んだり楽器の練習をしてくださいませ」

妃嬪は、皇子に気に入られるために自分を磨くことが仕事なのだろう。

　しかし何日も何日も、鏡と睨めっこしているだけの生活は性に合わない。

「お願いだから、私にも何か仕事を頂戴」

　そう告げ、琳々の静止を振り切り、水瓶を持ち上げる春玲。

縁まで水の入った水甕は思ったより重かった。

　細い両腕で持ち上げ、ゆっくり歩いている春玲を見ていられなかったのか、二人で運びましょうと琳々に提案されるも、断った。

　そんなことを繰り返していたら、水汲み場から自室へ戻る道の途中でいくつかの足音が聞こえてくる。

　顔を上げて足音の持ち主を確認し、琳々ははっと息を呑んだ。

「春玲様、皇子様たちがいらっしゃいます！　壁際に寄り、頭をお下げください」

　道を歩く女官や文官たちも皆、両端に分かれ通りを開け、皇子たちに向かって首を垂れている。

皇帝の後継者候補たる皇子は三人。全員母親の違う腹違いだが、仲はよいと言われている。

「前から長兄の順に、詩劉(しりゅう)様、翔耀(しょうよう)様、湖月様です。いいお天気ですし、きっと離宮でお休みになられるのでしょうね」

この道の先には、木々や花の手入れがされた庭と、綺麗な装飾が施された離宮がある。

吹き抜けのため景色もよく、風通りもあり涼しいため、歓談をするにはよい場所だろう。

春玲は言われた通り道の端に寄り、敬意を表して頭を下げた。

三人の皇子は談笑しながら歩いてくる。

第一皇子である詩劉は、朱色の衣に銀の糸で蓮が描かれた服を着ており、大人びた優しい印象をしている。

第二皇子である翔耀は、背が高くぱっちりした目と太い眉が特徴的だ。鶯色(うぐいすいろ)の衣を着ており、上機嫌に兄と弟に話しかけている。

そして第三皇子、湖月は、深い藍色の衣に金の龍が刺繍がされた服を着ている。長い黒髪を垂らし、切れ長の目は遠慮がちに伏せられていた。

二人の兄の一番後ろを歩き、たまに相槌を打ってはいるが、その表情は相変わらず固い。

皇子たちが春玲の前を通り過ぎる時、長兄の詩劉が春玲の顔を少し見て、歩みを止めた。

「ああ、君は……」

頭上から声をかけられる。

「かの有名な宮廷医師、郭諒修の孫らしいな」

詩劉にそう言われ、どうしていいか分からず固まっていると、横にいた琳々に肘で小突かれ、皇子にお返事なさってください！　と小声で注意された。

「は、はい、春玲と申します。覚えていただき恐悦至極でございます」

祖父の名前は、宮廷では有名だったらしい。

詩劉は春玲に顔を上げさせて目を合わせると、にっこりと微笑んだ。

「へえ、じゃあ医学に詳しいのかい。最近肩こりがひどいんだ、いい塗り薬があれば頼むよ」

後ろにいた翔耀が、肩を押さえて腕を回しながら、からかうように言ってくる。

皇族とは思えない気さくな態度に、つい春玲も笑ってしまった。

「可愛らしい娘じゃないか。湖月の婚礼の日も近いかな?」

春玲の笑顔を見て気に入ったのか、翔耀が後ろを振り返る。

しかし、兄の軽い調子には合わせず低い声で、

「兄上のご期待には添えず……」

と告げる湖月。

「何を選り好みしているんだ。気に入らなかったら他の妃に手をつければいいのだから、そんなに悩むことはないだろう?」

気難しい弟の態度に肩をすくめる翔耀。

「まあよい、翔耀。そう焦ることもない。湖月の好きにさせるといい」

そんな弟たちの様子を見て詩劉は首を振ると、春玲に視線を合わせ、もう一度微笑む。

「重いものを持って転ばぬようにな。では」

そう言って歩き出すと、後ろの二人も付き添うようについていく。

翔耀は軽い調子で手を振ってきたが、湖月は結局一度も視線を春玲へと向けることがないまま黒い髪を揺らし去ってしまった。

皇子自らが声をかけてくれるとは。町に住んでいた頃には想像もできない、高貴な方の姿に春玲は放心状態になってしまった。

「はあ、ほんと御三方とも見目麗しい男性ですよね。眼福でしたわ」

琳々はうっとりとした表情で皇子たちの後ろ姿を見送っている。

「祖父の名前を覚えてくださっているなんて思わなかった。これじゃ、宮廷内で恥ずかしい行いはできないわね」

偉大なる祖父の名前に泥を塗らないよう、気をつけねばと、詩劉の笑顔を思い出し春玲は頷く。

皇子のお通りに立ち止まって礼をしていた他の者たちも、各々の場所へと戻っていった。

春玲は床に置かれていた水甕を両手で持つと、部屋に向かって歩き出す。

いくら妃嬪とはいえ、働かざる者食うべからずだ。この水は自分の手洗いや洗顔に使うものなのだから、侍女にやらせず自分でできることは自分でしたい。

重たい水甕を持ちながら、ゆっくりと歩いていると、右の道から人影が来たのが目の端に見えた。

どんっ。

強い力で背中を押されたと思った瞬間、足を滑らせて床に体ごと投げ出された。持っていた水甕は床へと転がり、水が一帯に溢れる。

「しゅ、春玲様！」

全身ずぶ濡れになってしまった春玲に、琳々が駆け寄る。

床にぶつけた膝が痛む。何が起こったか分からない春玲が体を起こすと、目の前には数人の女性が立っていた。

「あら、そんな水甕を持っているから下女かと思ったわ。道の真ん中で邪魔でしょうがない」

髪を綺麗に結い上げ、左右に侍女を二人並べている女性は、先日の謁見の儀に参加していた妃嬪だ。

「め、明杏様。今、わざとぶつかって……」

琳々が訴えようとするも、睨みつけることでそれ以上の言葉を制した。

明杏と呼ばれた女性は、その名の通り杏色の衣を纏い、金扇子を扇ぎながら意地悪そうに笑っていた。

「あら、琳々。いなくなったかと思ったら今度はこの女の侍女をやってるの？　あんたも災難ね」

明杏の言葉に、琳々は言い返そうとし、しかし春玲に迷惑はかけたくないと思ってか口を閉じ黙った。

どうやら、以前琳々が仕えていた妃嬪らしい。

彼女が主人に必要以上に恐縮しているのは、明杏のような高圧的な態度の者の下にいたからなのだろうと、春玲はすぐに理解した。

「貧乏な医者の娘風情が。鈍臭いのに、道を占領して歩いているから転ぶのでは？」

明杏の言葉に、横の二人の侍女もくすくすと笑っている。

思い出した。謁見の儀の際に、真っ先に春玲に対して嫌味を言っていたのが彼女だった。

転ぶ前の背中の衝撃からも、明杏がわざと突き飛ばしてきたのは明らかだ。

しかし、往来で転び床を汚してしまったことと、あれだけ琳々に大見得を切ったのに水をこぼしてしまった失態が恥ずかしく、春玲は唇を噛む。

悔しさで涙が滲（にじ）んで、視界がぼやける。

「大丈夫？」

そんな女同士の修羅場を見かねた声が一つ。

春玲の濡れた顔をさっと布で拭き、手を差し伸べてくれたのは、昨日秘密を共有したばかりの飛藍であった。

今日の飛藍は、橙色（だいだいいろ）の服とそれに合う紅を引き、『後宮の華』そのものの姿だ。

正体は男性だと知っている春玲でも、その美しさには惹かれるものがある。

「あ、ありがとうございます、飛藍様」

転んだ春玲を見て、慌てて駆け寄ってくれたのであろう。息を弾ませた飛藍は、春玲の無事を確認すると少しだけ安堵したような表情になった。

「あら、ご機嫌よう飛藍様。相変わらずお優しいことね。昨日からその子に優しくしているみたいだけど、周りに気に入られようと必死なのかしら」

嫌味を言っている明杏を振り返り、飛藍は苦虫を噛み潰したような顔をする。

「人をいびるより、自分を磨いたらどうですか？　明杏様。目尻の皺が、白粉で隠し切れていませんよ？」

自分の目尻を指差しながら、舌を出す飛藍。

その言葉に顔を真っ赤にし、扇子で顔を隠す明杏。

「飛藍様、あなたねぇ……！」

声を上げ、今自分を侮辱した飛藍を糾弾しようとする明杏に、飛藍は人差し指を唇の前で立てる。

「あまり大きな声を出すと、他の者に聞こえますよ」

しー、とまるで子供をあやすような仕草に、またも馬鹿にされたと目を吊り上げる明杏だったが、確かに何の騒ぎかと人が集まり出している。

自分が突き飛ばしたのだと気づかれる前に、もう一度春玲と飛藍を睨みつけると、明杏は踵を返し侍女二人と共に足早に去っていた。

「災難だったね」

飛藍は床に座り込んだままの春玲に手を差し伸べ、ゆっくりと体を起こさせる。

濡れて冷えた春玲が身震いをすると、労るように、そっと布を手渡した。

「そこのお方。何人か女官を呼んで、床を掃除してもらっていいかしら。春玲は私の部屋に行って。侍女の香南が着替えを用意してくれるはずだから。琳々と言ったね？あなたは怪我をしているようだから、今日はもう休んで大丈夫。私が水甕に水を入れに行った後、侍従長に伝えておくわ」

てきぱきと周りの者に飛藍が指示をすると、かしこまりました、と皆が返事をする。場を収めるのも的確だ。

「風邪をひくから、早く着替えなね」

飛藍はそう促すと、転がった水瓶を持ち、水汲み場へと向かった。

「ありがとうございます、飛藍様！」

春玲のお礼の声に飛藍は振り返ると、自分の部屋の方角を指差し、唇の形だけで、あとでね、と言って笑った。

＊　＊　＊

「おお、やってるやってる」

片手に持った酒を飲みながら、第二皇子、翔耀は愉快そうに笑った。

宮廷とは庭を挟んだ向かいにある離宮の二階から、道で行われていた明杏と春玲の攻防を、酒の肴（さかな）にしているようだ。

誰からも会話を聞かれることのない離宮は、兄弟水入らずの時間を過ごすことができるため、三人の皇子が近況を報告し合う際によく使っていた。

「覗きは悪趣味だぞ、翔耀」

長兄である詩劉は墨を磨（す）って、筆で書をしたためている。体を乗り出して下で行われている喧嘩を眺めている弟を諭（さと）しながら、苦笑いをする。

「我らの宮廷で、見えるようにやっている方が悪いのですよ兄上。なあ湖月、あの扇子の女はやめておけ。おっかなくて、義理の妹になるのは勘弁だな」

翔耀の言葉に、湖月は鼻で笑い小さく頷く。

そして腕を組み、目を細めてその醜い諍（いさか）いを見下ろした。

明杏は豪族出身で気位が高いため、よく陰で他の妃嬪（ひひん）をいびっていることは湖月の耳にも入ってはきていた。

ただ、咎めることもない。後宮で女同士の争いは常だ。一度注意したとて、またあらぬ火種になるだけだから放っておくことにしている。

ふと、視線の先に飛藍が現れ、転んだ春玲に手を差し伸べた。話している言葉までは聞こえないが、今まさに春玲を突き飛ばした明杏に何か言い返しているようだ。

「お、退散させた。やるねぇ」

翔耀は口笛を吹き、拍手をする。

周りに指示をし、優しく春玲の濡れた体を拭いている飛藍と、満面の笑みでお礼を言っている春玲の姿。

妃嬪(ひひん)に全く興味を示さない湖月が、珍しくその様子をじっと眺めているので、長兄の詩劉は筆を置いて、湖月の横へと立った。

「後宮の華と、郭諒修の孫は、ずいぶん仲良くしているようだな。気になるのか?」

「――いえ」

湖月は一言だけ返すと、冷たい表情のまま唇をきつく結んだ。

＊　＊　＊

「本当、嫌なやつだよな」

飛藍に言われた通り、彼の部屋に行くと、びしょ濡れの春玲から事情を聞いた侍女の香南は快く受け入れてくれた。

すぐに湯で体を温め、飛藍の着物を準備し、冷え切った体を癒すため、彼らの故郷の茶をまた淹れてくれた。

そうしていたら、水甕を運び終わったのであろう飛藍が怒り心頭のまま部屋に入ってきて、椅子に座り文句を言っている。

「あの場を収めてくださって、ありがとうございました」

転んで、水をかけられ、惨めな気分に打ちひしがれていた自分に手を差し伸べ、言い返してくれたのが嬉しかった。

きっと自分だけだったら、泣き寝入りしかできなかったはずだ。

「今後も気をつけた方がいい。俺にも、来たばかりの時は何かと突っかかって嫌がらせをしてきた。まあ、全部跳ね返してやったけどな」

濡れた布で顔を拭き、乱雑に化粧を落とす飛藍。眉墨が滲んで目の周りが黒くなってしまっている。

「春玲が皇子様に優しく声をかけてもらっていたのが、気に食わなかったんだろ」

第一皇子の詩劉が声をかけてくださったのを見ていたのだろう。その後突き飛ばされたから、あながち間違っていないように思える。

「明杏様は、有力な豪族の一人娘ですから。いの一番にご寵愛を受けてもおかしくない身分の方ですもの。ただ、お相手があの『不機嫌な皇子』の湖月様ですからねぇ……その目処が立たず、やきもきしているのでしょう」

香南の言葉を、飛藍は鼻で笑う。

「迷惑な話だ。皇子に水をかけてやればいいのに」

謁見の儀や、先ほどすれ違った時もそうだったように、氷のように冷たい表情を崩さない湖月皇子は一筋縄ではいかないだろう。

長い足を組み、不服そうにふんぞり返っている飛藍は、化粧は落としたが女物の服を着ている。

昨日、秘密にする約束をしたばかりなのに、気を許しているのか、春玲の前ではすっかり素を出しているようだ。

「それより、春玲。怪我してるぞ」

　飛藍が指を差したところを見ると、転んだ時に擦り剥いたのであろう、右肘から血が滲んでいた。

　大した傷ではないが、じくじくとした痛みを感じる。

　春玲はいつも持ち歩いている、自分で調合した傷薬を取り出すと、右の肘に塗った。透明な軟膏で、すっと痛みが引いていく。

「これで大丈夫です」

「へえ、自分で作ったのか。凄いな」

「後宮入りする際にいくつか薬草などは持ってきたのですが、この調子じゃすぐになくなってしまいそうですね」

　後宮の中にいたら、薬草や生薬を買いに外へ行くのも難しいだろう。実家の医院に代々伝わる薬の調合ができれば、宮廷内で怪我人も救えるだろうに。

「皇族の住む翠玉殿の庭はいろいろな植物が植えられていて、中には高価で貴重な薬草もあるっていう噂だけどね」

　まあ我々には関係のない話だ、と飛藍はため息をつく。

茶を飲む飛藍に、気になっていたけれど聞くのは気が引けていたことを、恐る恐る問いかける。

「そういえば、妹さんは病弱とおっしゃっていましたが、何のご病気で……？」

茶器に口をつけていた飛藍が眉をひそめたので、春玲は言わなければよかったかと一瞬後悔した。

「何の病気かは分からない。ただ、時折発作的に、眩暈がして立ち上がれなくなるんだ。ひどい時は、何日も寝込んでしまうこともある」

故郷の妹を想っているのだろう。目を細め、飛藍は重たい口を開く。

「いろんな医者にかかったが、解決方法はないとのことだ。とにかく、発作が起きたら安静にするしかないらしい」

侍女の香南も、飛藍の妹のことは知っているのだろう。痛ましや、と表情を曇らせる。

「昔から、体調のせいで苦労してた。あいつは故郷の家族のもとで、愛する夫と幸せに過ごしてほしいんだ」

家族と離れて、性別を偽り過ごすのは大変なことだろうに。

妹を想う兄の気持ちは、とても温かく、優しい。

「言い辛いことを聞いてしまい、申し訳ありません」

「いや、心配してくれてありがとうな」

飛藍は手を伸ばし、まるで妹をあやすように春玲の頭をぽんぽんと撫でた。

手のひらから、彼の体温が伝わってくる。

大きな目にすっと通った鼻筋、美しい彼に触れられて、春玲は自分の顔が赤くなっているのを感じた。

恥ずかしがっているのを飛藍に気づかれないよう、春玲は目を泳がせながら話題を探す。

そしてふと、思いついた。

もし彼の妹の私物を触ったら、妹の病気や未来も視（み）えるのではないか、と。

「あの、飛藍様。妹様の持ち物を何かお借りしていたりはしませんか？」

春玲の頭を撫でていた手を下ろし、飛藍は不思議な問いかけに小首を傾げた。

「妹の持ち物……？　そうだな、この腕輪は、妹からお守り代わりにもらったものだが」

彼の白くて細い腕には、金の腕輪がつけられていた。

綺麗に細工がされて磨かれた、華美ではないが丁寧な作りのものだ。

失礼します、と声をかけ、彼のその腕輪がつけられた左手首に、春玲はそっと手を添える。

急に腕に触れられた飛藍は目を丸くして春玲を見つめ返す。

その瞬間、春玲の頭の中に景色が流れ込んできた。


『――おい翠藍、大丈夫か！』

若い男の人が声をかけた先で、女性が部屋の床に倒れ込んでいる。

丁寧に編み込んだ美しい栗色の長い髪と、病的なまでに白い肌を持つその女性は、飛藍にそっくりだった。

翠藍と呼ばれた女性は、頭を押さえ苦しそうに息を荒げている。

『うう、痛い……頭が痛い……文瑛様……！』

側にいる男性は恋人か夫だろうか。床に倒れ込んだ彼女の肩を支えて立たせようとしている。

しかし、すぐに力が抜けて膝をつく翠藍。

『立てませぬ……地面が歪んでいるかのようで……眩暈がして立ち上がれません……』

形のいい唇は真っ青で、胸元に真珠の首飾りをつけた彼女は脂汗を額に浮かべたまま目を白黒させている。

『おい、誰か馬を走らせて一番近くの医者を連れてこい！　今すぐだ、急げ！』

寄り添う青年が、怒声を上げて近くにいる者に指示している。

震える彼女の肩を強く抱きながら、その横顔は今にも涙を流しそうだった。

春玲は目を開いた。

心臓はばくばくと脈打ち、倒れた女性の姿がまだ瞼の裏に浮かんでいるような気持ちになった。

「春玲、どうした？　体調が悪いのか？」

自分の左手首の腕輪に触ったと思ったら、急に黙り込み、何かを怖がっている様子の春玲に、飛藍が心配してそっと問いかける。

側にいた侍女の香南も、何事かと春玲の顔色を伺っている。

彼の妹は体が弱いと言っていたが、近い未来、体を壊してしまう様子が予知できたのだ。

大切な兄を守るように思いを込めた腕輪に触れた時、彼女の未来が『視（み）えた』のである。

春玲はどう伝えようか考えあぐね、心配そうな飛藍に微笑みかける。

「いえ、素敵な腕輪ですね。妹さんの想いが詰まっているみたいです」

そう伝えると、飛藍は少し目を細め、妹を思い出したのか、そっと微笑んだ。

「ああ、自慢の妹なんだ」

金色の腕輪を眺めながら、遠い故郷に想いを馳せているようだった。

春玲はついさっき見た情景を反芻（はんすう）していた。

飛藍の言葉では確信は持てなかったが、頭痛と眩暈（めまい）、寒気がする病は限られている。

顔色が青ざめ、立ち上がることもできない、辛い症状。

城下町の医院で、何人か治療をした覚えがある。

急いで薬を作って、飛藍の故郷の妹、翠藍まで送ってあげよう。

あの情景は今から数分後かもしれないし、数日後かもしれない。もしかしたら数ヶ月、数年後の忘れた頃かもしれない。

ただ、このままでは必ず起こる未来である。

『その力をどう使うも、あなた次第よ』

耳の奥で、偉大なる予知の巫女、祖母の春鳳の声が聞こえた気がした。

＊　＊　＊

春玲がいろいろと考え事をしていたら、日はとっくに落ち夜も深くなっていた。

厠に行くため部屋の外へと出たら、満月がとても綺麗だった。

後宮に来て以降、見慣れない華美な屋敷に大人数での行事、忙しなく過ぎていく日々のせいで、ゆっくりと月を眺める時間はなかった。

「お父さん、お母さん、元気にしてるかな……」

両親の笑顔が懐かしい。生まれた時から一緒に過ごした、町の人々の笑い声が聞こえる気がした。

しばらくそうして月を眺めながら、後宮の周りを散歩していた。

誰かが弾いているのか、風に乗って琴の音も聞こえる。

しばらくあてもなく歩いていたら、暗闇に呑まれ、自分の部屋の方角が分からなくなってしまった。

「いけない、ええと……右の角を曲がったから、今度は左のはず……？」

月明かりでは足元は暗く、方向感覚が掴めない。進めば進むほど見覚えのない場所に来ている気がして、春玲はますます焦っていた。

ひたすら歩いていると、どこからともなく花の香りがした。

甘く優しい蜜の香り。自分の部屋の近くには咲いていなかった、季節草だ。

花の香りに誘われる蝶のように、春玲は石畳を渡り、庭の中へと入っていった。

そこには、真っ白な花びらの鈴蘭が視界いっぱいに咲いている。

夜風に揺られる花畑は、幻想的だ。

幼い頃に憧れた、御伽噺(おとぎばなし)の中に迷い込んでしまったかのような気分だった。

「あ、この葉……！」

よく手入れが行き届いた庭の中、蔓(つる)を巻いて伸びている葉をそっと撫でる。

それは、薬の調合に使える葉で、育てるには水の量や日光の加減が難しく貴重なものであった。

　これなら、飛藍の妹の不調に効く薬が作れるかもしれない。

　陰口を言われる中、優しく挨拶をしてくれた。転んで水浸しになった自分に手を差し伸べてくれた。

　優しい彼に恩返しをし、心の憂いを消せればと思い、葉を摘み取ろうとしたその時、

「誰だ」

　背後から、男性の低い声が聞こえた。

　恐る恐る振り返ると、そこには、月の光を受け白く肌が輝く、神話から抜け出したかのように神秘的な、湖月皇子の姿。

　瞬時に、前に聞いた飛藍の声が頭の中で再生された。

　皇族たちの住む翠玉殿（すいぎょくでん）の庭はいろいろな植物が植えられていて、中には高価で貴重な薬草もある、と。

　夜道をふらふら歩いていたら、翠玉殿（すいぎょくでん）まで迷い込んでしまったようだ。

「も、申し訳ありません、春玲でございます」

　すぐに頭を下げ、心から謝罪をした。事によっては、処罰されるほどの行動だ。

「厠の帰り道に迷ってしまって……」

苦しい言い訳をする間にも、背中に冷や汗をかく。

しかし、湖月は怒るわけでもなく、無表情のまま春玲を見つめている。

暗闇では、彼が何を考えているか読み取ることはできない。

「……何か、葉を探していたのか」

春玲の手に握られている葉を見て、湖月が問いかける。

もう一度、申し訳ございません、と言って手を差し出す。

これではただの盗人だ。春玲は耳を赤くしながら、自分の行動を恥じていた。

湖月は、その葉の種類を確認すると、地面へと目を落とす。

足音もさせずにそっと歩き、身を屈めると、側に生えていたその葉を数枚取って、
春玲へ差し出した。

「薬でも作るのだろう。持っていけ」

まさか、皇子自ら葉を渡してくれるとは思わなかった。

「は、はい。ですが……よろしいのですか」

市場では高価で取引をされる薬草だ。

恐れ多く、震えてまともに皇子の目を見られない春玲の問いには答えず、湖月は静かな声で語る。

「そなたは、郭諒修の孫だったな」

祖父の名前で間違いない。春玲が生まれた時にはこの世を去っていたが、誇り高き家族。

頷くと、湖月は切れ長の目を細めた。

薄い唇を開き、低いがよく通る声を紡ぐ。

「……私の祖父は戦で深手を負った際に、郭諒修の治療を受け、一命を取り留めたと聞いた」

ゆっくりと、祖父を思い出すように話す湖月。

「実に素早く丁寧に傷の縫合をし、後遺症で熱が出た時も、献身的に看病してくれたらしい。郭諒修でなければ死んでいた。彼は宮廷を下ってしまったが、もっと礼が言いたかったと、祖父はずっと悔いていた」

郭諒修は優秀な宮廷医師で、宮廷を去ると言った時は皆が引き留め、その死には宮廷から多くの者が参列し涙したという。

自分の祖父が命を救われたことに、不機嫌な皇子と噂される彼は、感謝していたのだろうか。

「この葉は、我が祖父から郭諒修への礼と思え」

湖月から春玲へ渡したものではない。

湖月の亡き祖父から、春玲の亡き祖父への贈り物だと。

「……ありがとうございます！」

春玲は、皇子の手よりそっと葉を受け取った。

この数枚の葉にはとても価値があると、丁寧に手のひらで包み込む。

その時ふと、ずっと気になっていたことが頭の中に浮かんだ。

なぜ、城下町の潰れかけの医院に、天下の大国、珠瑞国皇子の妃嬪として招聘するために使いが来たのか、と。

しかも貴族でも豪族でもない、官吏や将軍が家族にいるわけでもない、平民の家に。

「もしかして、私の実家の医院が潰れぬよう、私を後宮に招いてくださったのは、湖月皇子ですか……？」

湖月はその問いには答えない。

風が吹き、彼の結った長い髪が揺れる。

月明かりに照らされた彼は神々しさすら感じる。

「祖父が死んでいれば、今私はここにいない。くだらぬ天命でも、そのおかげで生を享(う)けたなら礼は尽くす。それだけだ」

不機嫌な皇子は、微笑みはしない。

ただ、身分の差など関係なく、受けた恩は必ず返すという、彼の信念が見えた。

医院を畳むことがないよう、手を差し伸べてくれたのだ。

春玲は葉を胸元にしまい、湖月に近寄ると、そっとその手を取り両手を重ねて礼をした。

「皇子の優しさに、心から感謝いたします」

それは、医者の父が、患者やその家族に敬愛を込めてする礼で、春玲も幼い頃から感謝する際にはそうするのだが。

「――触るな！」

湖月は、春玲の手を強く振り払った。

思ったより大きな声が出てしまったことに己(おのれ)も驚いたのか、口を閉ざす。

「も、申し訳ございません」

平民出身の妃嬪風情が、皇子に触れるなどあってはならないのだろう。

しかし、彼は身分の差など問題にしていたわけではないのか、その気持ちを苦々しく口にした。

「……女は嫌いだ。媚びて、妬んで、見た目ばかり飾りつける」

吐き捨てるように言った湖月の、ひどく怯えた子供のような瞳と目が合った。

見上げた湖月の手が、震えていた。

眉をひそめ、すぐに目を逸らす仕草に、彼の強い拒絶を感じる。

「それを持って早く去れ」

湖月は冷たくそう言い放つと、長い髪を揺らし、足早に庭を去っていってしまった。

ずきり、と春玲の頭が鈍く痛み、去りゆく彼の背中と、頭の中に浮かぶ情景が重なった。

＊　＊　＊

昨日は、まるで夢を見ていたかのようだった。

白い鈴蘭が咲き誇る庭の中、月光に照らされた湖月皇子は目を見張るほど端麗(たんれい)であった。

そして彼が、祖父の借りを返すためわざわざ進言し、春玲を後宮入りさせたとは。

葉を渡す彼の指先の冷たさと、触れた時の震えた声を思い出す。

『不機嫌な皇子』の、その心の奥底に巣食う翳(かげ)りはなんなのだろう。

そんなことを考えながら、春玲は机に広げた木の実や生薬、水を調合していく。

風で飛ばないように、小さな匙(さじ)ですり鉢に入れていく。すりこぎで潰し、水を少々入れる。

「あら、春玲様。お薬を作ってらっしゃるのですか？」

侍女の琳々が、洗った衣服を畳みつつ、調合をしている春玲を興味深そうに見てきた。

「そう。飛藍様に昨日のお礼で渡したくて」

「それはよいことです。わたくしからも感謝を伝えておいてください」

往来で明杏に突き飛ばされたところを助けてくれた上、水甕(みずがめ)も運んでくれた飛藍に、琳々も感謝しているようだ。

「飛藍様は本当に、あの美しさなのに気さくでいらっしゃいますよね。南方の広い大地で育つと、心の広い方に育つのでしょうか」

確かに、琳々の言う通りだ。

男だという秘密を知られた春玲をもっと警戒したり、突き放したりしてもいいところを、いつも気にかけてくれる。

暖かい気候の中、馬に乗り駆ける遊牧民の気質なのか、それとも彼が特別に優しいのか。

調合した粉薬を、少しずつ薬紙に包んでいく。

直接会ったことはないが、飛藍によく似た美しい双子の妹の体調がよくなるよう願いを込めて。

＊　＊　＊

薬を渡そうと外の道を歩いていたら、行き交う人が皆足を止めていた。

何事だろう、と皆が向く方を眺めてみると、池の周りの大きな石に腰をかけた飛藍がいた。

注目の的の人物は、手に二胡（にこ）を持っており、細い指で弓を持ち、音色を奏でている。

広い宮廷に、弦の高い音が響き渡る。

昼下がりの陽気も相まって、心が温かくなる、優しい音色だった。

聞いたことはないのに、どこか懐かしさを感じる不思議な調べ。

長いまつ毛、白い肌に赤みのある頬は『後宮の華』の名の通り華やかだ。

春玲は立ち止まり、時間を忘れてその曲に聴き入ってしまった。

一曲弾き終わり、飛藍が演奏を止めると、周囲にいた者たちから自然と拍手が起こった。

春玲も感動を伝えたくて大きく拍手をする。

優雅に立ち上がり、二胡（にこ）と弦を持ったまま飛藍は集まった者たちに礼をした。

その中に春玲の姿を確認すると、少しだけ悪戯（いたずら）っぽい笑顔で口角を上げた。

「聞いていたんだね。恥ずかしいな」

周囲の者たちが解散した後、飛藍は春玲に歩み寄り、照れ臭そうに声をかけた。

鯉が泳ぐ大きな池の周りを二人で歩く。

「楽器がお上手なんですね。とても素敵な音色でした」

二胡を持つ飛藍は、春玲の褒め言葉に頬をかく。

「故郷に伝わる童謡でね、気に入ってくれて何より」

どこかで会話を聞いている者がいるかもしれないので、外では飛藍は女らしくたおやかな喋り方をしていた。

先日、春玲が届けた翡翠の髪飾りをつけ、同じ翡翠色の衣がとても似合っている。

「本当は弓や剣の方が得意だけど、披露することができなくて残念だな」

そう言って片手に持っていた弦を、弓矢のように構えている。

遊牧民出身の彼は、弓矢で獲物を捕らえて生活していたのだろう。きっと武術も得意に違いない。

見てみたいですね、と春玲が微笑む。

「皆、飛藍様の姿に見惚れ、奏でる音色に癒されてましたよ」

心から出た言葉だったのだが、飛藍は大袈裟に肩をすくめる。

「お世辞はいいよ。それに、春玲もとても可愛いよ。故郷の男たちが見たら、我先にと婚礼を申し込むと思う」

急に褒められて、春玲はうまく返すことができずに口ごもってしまった。

真っ直ぐで素直な言葉は嬉しくて、くすぐったい。

「そ、そうだ。差し出がましいかもしれませんが、飛藍様の妹さんに、薬をお作りしました」

照れ隠しのために、本題を切り出す。

手作りの巾着袋に、粉薬を入れた包みを幾つも入れておいた。これで、数週間はもつはずだ。

「……え、妹の薬？」

春玲の申し出に驚いたのか、目を丸くし飛藍は低い地声で呟いた。

ええ、私が作りました、と言って巾着袋を渡すと、中身の薬を確認する飛藍。

「以前、妹さんと同じような症状の方を診たことがあります。直接お会いしていないので不安ですが、よくなることを願っております」

信じられないと言わんばかりの顔で、飛藍は口をあんぐり開けている。

「わざわざ作ってくれたのか……？　材料は高くなかったか？」

まさか、夜に皇族の庭に迷い込み、湖月皇子からいただいた葉を使ったとは、口が裂けても言えない。

大丈夫ですよ、と首を横に振って、飲み方を教える。

「夕食後、寝る前にこの薬を白湯でお飲みください。少し体が楽になるはずです」

春玲の言葉に、飛藍は強く頷く。

何人もの医者から原因不明だと突っぱねられたから、薬をもらえたことに感動しているのかもしれない。

「そして生活習慣も。できる限り体を冷やさぬように、温かいお風呂に浸かるようにしてください。食事は野菜と豆を多めにし、天気のよい日は陽の光によく当たるように。新鮮なお水もたくさん飲んで」

「待ってくれ、覚えるからもう一度」

部屋ではなく、池の周りを散歩中なので、書き留めておくことができない。

飛藍は指を折りながら、風呂、野菜と豆、陽の光、水、と覚えるために繰り返している。

女の声ではなく、焦っているのか地声が出てしまっている。

「早速、文と一緒に妹に送ってみる。ありがとう！」

二胡を脇に挟み、巾着袋を袖にしまうと、飛藍は両手で春玲の手を包み、何度も何度も礼を言った。

昨夜、触れた瞬間に跳ね除けられた湖月皇子の冷たい指先とは違う、飛藍の温かい体温が伝わってきた。

「きっと翠藍様のご体調もよくなるはずです」

そう言って微笑むと、目の前の飛藍の笑顔が固まる。

受け取った薬に目を落としながら、

「……君に、妹の名前を伝えたっけ？」

と呟いた。

春玲は、しまった、と息を呑む。

未来を読んだ際に、彼の妹の名前が翠藍だと聞こえただけなのに、口が滑ってしまった。

賢い飛藍は伝えていないことを確信しているらしく、なぜ春玲が名前を知っているのか、じっと心を読もうとするかのように真正面から見つめてきた。

後宮の華と呼ばれ、皆を魅了する華やかさを持つ人の瞳から、目を逸らすことはできない。

嘘はつけない、ついてもきっと見抜かれる、と察した春玲は、

「信じてもらえないかもしれませんが、私は未来が予知できるようなのです」

と素直に白状した。

飛藍は驚くわけでも馬鹿にするわけでもなく、小さく、そう、と頷いた。

「妹さんからいただいた腕輪を触った時、妹さんが体調不良で倒れる未来を視(み)ました。翠藍さんは、栗色の長い髪を綺麗に編み込み、胸元に真珠の首飾りをつけた、飛藍様そっくりの方ですよね。文瑛様と呼ばれた青年が、彼女を介抱していました」

優しい飛藍から、不気味だとか、気持ち悪いだとか思われるのが怖くて、つい視(み)たままを早口でまくし立ててしまった。

飛藍はその言葉を聞き、確信したようだった。

「信じるよ」

ふっと微笑むと、春玲に優しく語りかける。

「それは妹の名前で見た目も合ってる。文瑛は俺の幼馴染で、妹の婚約者の名前だ」

せっかく仲良くなったのに妄言を吐くおかしなやつだと思われるのを恐れていたが、飛藍は春玲のことを信じるという。

「春玲はその未来を視て、すぐに薬を作って持ってきてくれたんだよね」

未来を視るなんて非現実的なことを即座に受け入れた飛藍は、頭を下げる。

「ありがとう、本当に嬉しいよ。妹も喜ぶと思う」

その予知が当たろうが当たるまいが関係ない。春玲の気持ちと行動が嬉しいのだと、飛藍は鮮やかに笑った。

＊　＊　＊

それからしばらく、平穏な日々が続いた。

相変わらず、儀式や回廊で見る湖月皇子の表情は冷たく、明杏は何かにつけて嫌味を言い嫌がらせをしてきたが、春玲も気持ちを強く持ち、気にしないように努めた。

宮廷の尚書室から、調合や医学の本を借りて勉強したり、琳々に言われて流行りの化粧や髪型を自分でできるよう特訓した。

その日、朝起きて、ぼんやりと髪を梳かしていたら、部屋の前から声がかかる。

客人かと思い扉を開けると、頭を深く下げたそばかすの女性が立っていた。

飛藍の侍女、香南である。

「朝早く失礼いたします。飛藍様が、春玲様にどうしてもすぐにお会いしたいということで」

ろくに身支度もしていない状況だったが、さあさあ、と手を引かれて部屋を出る。

日が昇ったばかりの早朝、まだ宮廷内に人影はない。

澄んだ空気と小鳥のさえずりを聞きながら隣の宮まで行き、飛藍の部屋へと辿り着く。

「失礼します、飛藍様。いかがしましたか？」

春玲が扉を開き歩を進めると、部屋の奥、窓枠に腰掛けている飛藍の姿があった。

栗色の長い髪を一つに束ね、いつもの煌びやかな装飾品や衣ではなく、白い麻の簡素な服を着ている。

春玲の姿を確認すると、手に持っている文をかざした。

「春玲聞いてくれ。妹の病気がよくなったみたいなんだ」

信じられない、と、うわ言のように呟く飛藍。

どうやらその文は、故郷の妹から病気の回復を告げるために届いたものらしい。

「本当ですか？　よかったです！」

春玲が感激し、手を合わせて喜ぶ。

「作ってくれた薬が効いたらしい。夢みたいだよ……」

信じられないといった様子で、手紙に視線を落とし何度も読み返す飛藍。

ゆっくりと顔を上げると、朝陽に照らされた瞳を輝かせる。

「なあ春玲、今日一日、君の時間を俺にくれないか」

飛藍は泣きそうな顔を、満面の笑みで染めた。

そんな彼の喜ぶ様子を見て、春玲ももらい泣きをしたくなるほど嬉しかった。

何も用事がない一日だったのでもちろん、と了承すると、飛藍と香南は顔を見合わせて頷く。

衣装棚から、女官が着る赤紫色の襦裙（じゅくん）を取り出すと、香南は無言でにっこりと笑い春玲の衣を脱がした。

春玲は恥ずかしくて情けない声を上げてしまう。

その様子を見ないよう、飛藍は隣の部屋へと行くと、自らもう一着あった女官の服に着替え出す。

着替え終わった春玲と飛藍の二人は、妃嬪のように派手な化粧はせず、素顔のまま並ぶ。

「似合ってるよ。じゃ、行こうか」

「どこへ行くのですか?」

女官に扮して何をするのかわけが分からないのでそう尋ねると、飛藍は悪戯っぽい表情で笑う。

「宮廷の外に出て、俺と馬で遠乗りをしよう」

行くよ、と飛藍は驚く春玲の背中を押し、二人で部屋の外へと出た。

＊　＊　＊

まだ朝日が登ったばかりの閑散とした宮廷内を、忍び足で歩いていく。

宮廷の入口、大きな門のある広場まで来て、円柱状の太い柱の陰に隠れた。

「無断で宮廷を出るなんて、下手したら懲罰房行きですよ」

小声で春玲が訴えると、飛藍は口元に人差し指を当てながら、

「大丈夫、もしそうなったら春玲は無理矢理さらったと、俺だけが罪を被るから」

と当たり前のように告げる。

飛藍は門の左右に剣を持ち立っている、甲冑（かっちゅう）を着た門番を指差した。

「この時間は、夜の見張りと朝の見張りが交代する時間なんだ。二人いる門番の片方が朝の担当を呼びに行って、門の前には一人だけになる。朝早いから、周囲に人もいない」

後宮に入って長い飛藍は、秘密裏の決まり事を探り、熟知しているのだろう。

すると、時間になったのか門番が顔を見合わせ、左側の一人が門を離れ交代を呼びに行った。

空も白み始めたばかりの朝。夜通し立っていて疲れたらしく、残された門番は大きくあくびをしている。

しかし警備が手薄とはいえ、武器を持った門番がまだ一人いるのだ。

「ど、どうするんですか」

「あとは香南、頼んだよ」

「かしこまりました。飛藍様、ご武運を」

さすがは共に故郷から出てきただけある。飛藍の無茶な頼みは慣れっこだというように、力強く頷いた。

香南はこれから洗濯する衣服が入った籠を両手に抱えて、門の近くへと歩き出した。

春玲がはらはらしながらその様子を見守る。

門の近くを通ったので、香南は門番に会釈をする。門番も甲冑の上から胸に手を当て敬礼した。

周りからは朝早く洗濯をしている、真面目な女官にしか見えないだろう。

すると、香南は門番の後ろを通った際、おもむろによろけて地面へ膝をついた。

「ああ、急に立ちくらみがぁ……」

手に抱えていた籠を落とし、芝居がかった口調でへたり込んでいる。

「だ、大丈夫か」

側にいた門番もさすがに無視はできなかったのか、振り返り這いつくばっている香南に手を貸す。

「申し訳ございません……」

香南がしおらしく礼を口にした時、丁度風が吹き、籠の中に入っていた衣服が四方に飛んでいってしまった。

「ああ、あれはお妃様方の高価な衣服！　私のことはよいので、どうかあれらを拾ってくださいまし……！」

香南は頭を押さえながら、ひらひらと風に乗って飛んでいく服を指差した。

そう言われ、近くにいたのに汚したり紛失したら、自らも責められるかもしれないと思ったのか、香南を支えていた門番は慌てて服を追いかけた。

今よ、と香南は柱の後ろに隠れていた二人に目で合図をする。

「でかしたぞ、香南」

門番は何着もの服をしゃがみ込み拾いつつ、門から離れて背を向けている。

交代の者が戻ってくるまでの好機を逃すまいと、飛藍はあっけにとられている春玲の手を握って駆け出した。

足の長い彼の歩幅に引かれ、つんのめりながらも走る。

一度入ったら出られないという後宮から、いとも簡単に門をくぐり抜けて外へと出ることに成功した。

門を出てすぐ裏にある馬の繋ぎ場へ向かうと、先頭の馬に慣れた手つきで飛び乗る飛藍。

偽装のために着ていた女官の服を脱ぎ捨て、下に着ていた遊牧民の白い麻の服の姿になる。

「さあ行こう、春玲」

そう言って、飛藍は細い腕を伸ばし、春玲の手を取った。


ひひん、と鳴き、二人を乗せた馬は走り出した。

春玲は乗馬は初めてで、体をこわばらせる。

蹄の小気味のよい音と共に、馬の背から自分の足腰へと衝撃が伝わってくる。

飛藍は春玲を後ろから抱きかかえる体勢で、慣れた手つきで手綱を引く。

「まずは城下町に寄ろう。家族に会いたいだろう？」

宮廷を出て下り、しばらく走ると春玲の生まれ育った城下町がある。そこに向かうとのことだった。

後宮入りしてからは一度も戻れていない。もう一生帰れることはないのだろうと思っていたので、春玲は振り返り、強く頷く。

「よし、じゃあしっかり掴まって」

耳元で飛藍の声が聞こえるのがくすぐったい。手綱を握ると彼の手のひらが春玲の手を包み込んだ。

町にはすぐに着いた。市場の横を馬で駆け、家の医院のある最奥まで走っていく。

早起きな市場の主人が馬の足音に何事かと顔を向け、馴染みの春玲の姿に気づくとあんぐりと口を開けていた。

「もうすぐ私の家です。あの赤い屋根のところ」

春玲が示した家の前で、飛藍は手綱を引き馬を止めた。

家の前に、柄杓で花に水を撒いている母親の姿が見える。

馬の鼻息の音に顔を上げると、後宮入りしたはずの実の娘が目の前にいるので、母親は大層驚いていた。

「春玲、春玲なのかい？」

「そうだよ、お母さん！」

「ちょっとお父さん来てください。春玲が！」

家の中にいた父親が、声を聞いて飛んできた。

「春玲、元気そうでよかった！　ごめんな、お前にばかり苦労をかけて……」

涙声の父親と母親が馬から降りた春玲へと駆け寄り、肩を抱いた。

「大丈夫よ、二人も元気そうでよかった」

宮廷に行ってそれほど月日は経っていないが、まるで数年来の再会のように感じる。

しばし親子の再会を喜んでいる間、馬に共に乗っていた飛藍が微笑ましそうにその様子を見ていた。

「ええと、あの人は？」

母親に問われるも、まさか彼は普段は女装した妃嬪（ひひん）で、二人で門番の目をかいくぐって後宮を抜け出したなどとは言えない。

春玲がまごついていると、飛藍は実に優雅な動作で頭を下げる。

「私は春玲様の従者でございます。本日は出かける予定がありましたので、ご主人様のご希望もあり故郷に寄らせていただきました。お忍びのため、女官の服を着ておられます」

礼儀正しい言葉に、両親たちは信じ込んだようだ。

自分の娘が従者を持つ主人という立場であれば、親心ながら嬉しいはずだと飛藍は思ったのだろう。

「そう、そういうこと。私は楽しくやってるから心配しないでね」

両親共に安心したようだった。

「よかったわ。それにしても、こんな整った顔立ちの人、初めて見たよ」

母親はこの近辺にはいない、目鼻立ちのくっきりした飛藍の美貌を、まるで美術品でも見るかのように惚れ惚れと見つめている。

「ありがとうございます、お母様」

飛藍が優しく微笑むと、母親が頬を赤くする。

「素敵ねぇ。あなた細いからもっとたくさん食べなさいな。ご飯いっぱい作ったから、持っていきなさい」

母親は足早に家に入ると、軽食を包んで飛藍に渡した。面食らいながらも、会釈し受け取る飛藍。

「春玲が元気そうでよかった。宮廷内でいじめられているんじゃないかと心配していたよ」

「あはは、大丈夫よ」

まあ、明杏に嫌がらせをされてはいるのだが。飛藍や香南、琳々などの心強い味方もいるため、なんとか過ごしているので心配はいらない。

それより、母親に聞きたかったことがある。

答えてもらえるかどうか心配だが、率直に問うしかない。

「お母さん。私のおばあちゃんは、予知の巫女と呼ばれていた春鳳って人なんだよね」

春玲が小さい声でそっと母に尋ねると、母は息を呑み目を見開いた。

真っ直ぐな娘の瞳から、全て知っているのだと悟ったのか、ゆっくりと頷く。

「……ああ、そうだよ。私が赤ちゃんの時に、宮廷で命を落としてしまったらしいから、私も記憶にはないんだけどね。諒修父さんは、お母さんをとても愛していたとよく言っていた」

皇后からの恨みを買い命を奪われた、悲劇の巫女。

愛する人を失い、絶望した宮廷医の郭諒修は、赤子だった娘と共に野に下り、城下町に医院を建てた。

その娘というのが、春玲の母親だ。

「不思議な力は私には受け継がれなかったみたいだけど、なんだか今でも見守っていてくれるような気がするんだ」

母はそう言って、記憶にない春鳳に想いを馳せている。

「だから、あんたが妃嬪になると聞いた時には、血筋の運命というのを感じたよ」

まるで引き寄せられるかのように、梅の香りのする香炉に触った春玲。

亡き祖母が、孫の名を呼んでいたのかもしれない。

そして自分の力を、孫に託したのだろうか。

「きっとおばあちゃんが守ってくれるから、大丈夫。強く生きなさい、春玲」

「うん、ありがとう」

優しい母の思いを受け取り、自分が後宮入りしたのにも何か理由があるのだろうと、春玲は強く頷いた。

「そうだ、お父さん。多めに薬草や生薬をくれないかしら。宮廷内で必要な方に、薬を作ったり治療をしたりしてあげたいの」

「おお、そうだな。困った方がいたら、助けてあげなさい」

声をかけると、父は仕切りのある桐の箱を春玲に渡した。中を開けると、様々な種類の材料が入っている。調合をすれば、たくさんの種類の薬が作れそうだ。

大事に風呂敷に包み、手に抱えた。

「私の家族も、ご主人様の薬に助けられました。お父様の教えなのだそうですね」

従者のふりをしている飛藍が、春玲のおかげで妹の体調が回復した件を父親に伝えた。

父親はそうかそうか、と嬉しそうに笑い、

「体だけでなく、心の傷も癒すのが大切だよ、というのが我が家の家訓だからね」

と顎髭(あごひげ)を撫でながら満足げに頷いた。

その後も、噂を聞いた近所の人たちが集まり、春玲の帰省を喜んでくれた。

飛藍の美青年ぶりに、幼馴染の女子たちは黄色い声を上げていた。

春玲の幼い頃の昔話や、医院での患者の具合、宮廷での煌(きら)びやかな日々の話など、話題は尽きず、陽が高く上るまで大人数で宴会騒ぎとなった。

こんなに笑ったのは、いつぶりだろう。

春玲が連れ出してくれた飛藍を見ると、長い髪を一つに結った彼は、よかった、と微笑んだ。

名残惜しいが、家族や幼馴染たちには別れを告げた。

次いつ会えるか確証はないのだが、それでも今日会えて、楽しい時間を過ごせてよかったと、固く握手をして、再び馬へ乗る。

馬が走り出す。振り返ると、両親が何度も何度も大きく手を振っていた。

「もう一つだけ行きたい場所があるんだ。付き合ってくれるかい？」

飛藍に後ろから抱きかかえられている体勢で、春玲は彼の体温を背中に感じていた。

小さく頷くと、飛藍は白い指で力強く手綱を握り馬を操る。

どこに行くかは分からないが、彼ならきっと楽しい場所に連れていってくれるに違いない。

道中、小腹が空いたので木陰に座り、母親からもらった軽食を二人で食べた。

肉が好きだという飛藍は、味付けが気に入ったのか羊の肉を口いっぱいに頬張っていた。

崖が近い場所では、落ちないか不安そうな春玲を、飛藍がわざと大声を出して驚かしたり、渡り鳥の群れが大空に飛んでいた時は、どっちが早いか競争だと、馬を早く走らせたりした。

宮廷では話せない、様々なことを話した。

お互いの幼い頃の話、家族の話、好きな動物や花の話。

今着ている服の胸元についているのは、初めて狩りに成功した時の獲物の毛皮だとか。

夏の日の夜に、二胡(にこ)を弾きながら見上げる夜空の美しさとか。

飛藍のする話は、春玲が経験したことがない、雄大な草原に住む遊牧民ならではのもので、面白くてしょうがない。

彼らしい、瑞々(みずみず)しい感性はまるで一本の自伝を読んでいるかのようで、馬に乗りながら聴くには勿体ないほどだった。

「さあ、着いたよ」

飛藍が手綱(たづな)を引くと、目の前には青々と晴れた海が広がっていた。

空と海が、地平線の彼方で重なり合っているのが見える。

春玲は口に手を当て、感嘆の声を上げた。

「わあ……！　私、初めて海を見ました。書物でしか読んだことがなくて」

「そう思ってさ。ここは絶景で、俺もお気に入りなんだ」

気に入ってもらえてよかったと、飛藍は馬から降り、春玲に手を差し出す。

「お手をこちらへ、ご主人様」

両親に関係を誤魔化すための呼び名で、そっと手を差し出す飛藍。

もう、と恥ずかしげに口を尖らせて、春玲はその手を取り馬から降りた。

「本当は俺の故郷を見せたかったんだけど、もっともっと南に下らなきゃいけない。さすがに遠くて一日じゃ戻ってこられないからなぁ」

馬を木の幹に繋ぎ、目を輝かせている春玲に、彼は砂浜へ行こう、と促した。

砂に足を取られてよろける春玲を見て、裸足になるんだよ、と飛藍は自らの靴を脱ぎ捨て、海に向かって走り出す。

慌てて春玲も靴を脱ぎ、その背中を追いかけた。

日の光を受け、まるで宝石のようにきらきらと輝く海は、書物で読んだ以上の美しさだった。

実家の医院の手伝いが忙しくて、生まれ故郷の城下町から出たことがないと話したことを、覚えていてくれたのだろう。

長い時間馬に乗っていた体をほぐすように、大きく伸びをして、飛藍は笑う。

「こんなに世界は広いのにさ、狭い宮廷の中から出れないなんて、つまんないよな」

形のいい唇を上げて、皇族をはじめ後宮の者たちに同情している。

寄せては引く波を眺めて春玲が言葉を失っていたら、しゃがんで海水を手に取った飛藍が水をかけてきた。

冷たい、と笑い、仕返しでこちらも水をすくい彼に向かって投げた。

春玲は思う。

彼が男だという秘密を知ってしまったからとはいえ、嫌がらせをされた時に庇ってくれたり、後宮の中のことを教えてくれたり、ちょっとした世間話に付き合ってくれる。何かと気にかけ、面倒を見てくれる。

それだけで、心が軽くなるのだ。

彼がいなかったら、春玲はろくに自室から出ない、暗い後宮生活を送っていたかもしれない。

今日も、家族に会えて、憧れの海も見ることができた。

飛藍の存在は、春玲の中でとても大きくなっていた。

散々水のかけ合いをしてじゃれあった後、春玲は濡れた頬を拭きながら、大空を仰いだ。

くるぶしまで海に浸かり、心地よい潮騒に耳を傾ける。

その春玲の姿を、飛藍が見つめていた。

「……綺麗だな」

飛藍は、無邪気に笑う春玲の横顔に、ぼんやりと呟いた。

意識せず、自然と出てしまった彼の本心だった。

「本当、綺麗ですね」

海の輝きのことを指しているのだと勘違いした春玲は、手を広げて頷く。

食い違いを指摘はせず、飛藍は苦笑して髪を掻く。

眩しさに大きな目を細めて、砂浜を踏みしめ、波で遊んでいる春玲へ歩み寄った。

「ふふ、水が冷たくて心地よいです。飛藍さ、ま……」

名前を呼ぼうとした瞬間、その後の言葉が出なかった。

飛藍の腕に引かれて、彼の胸の中に抱き留められていた。

どくん、と彼の鼓動が鼓膜を揺さぶる。

「なんか、ほんと君ってほっとけないんだよな。つい目で追ってしまう」

飛藍の体温が伝わってくる。

馬に乗るために、後ろから抱えられていた時とは違う、正面から包み込むような、力強い抱擁だった。

「野心に満ちた後宮の他のやつらと違って、純粋すぎて危なっかしい」

潮の香りと、彼の髪の香りが鼻をくすぐる。

煌(きら)めく大きな目が、驚く春玲を真っ直ぐ映していた。

「でも、そのまま変わらないでいてくれ」

妹や家族に向けてではない、特別な人にだけするような優しい声色で告げ、そっと体を離した。

春玲は自分の心臓が、張り裂けそうなほど速く鼓動していることに気がついた。

落ち着くために胸に手を当て息を大きく吸う。

「君は、触れたものの未来が読めるんだろう？　俺の未来は何か読める？」

その手に触れて、飛藍は春玲を覗き込む。

「いえ、何も視えません」

春玲の頭の中には何も映像は浮かんでこない。

目の前には青い海と青い空、それに負けぬほど澄んだ瞳の青年。

春玲の右手に、自分の左手を重ねた飛藍は、無邪気に笑った。

「そうか、じゃあ君と一緒にいれば、俺には何も不幸なことは起きないのかもね」

そう言ってゆっくり手を離すと、飛藍は春玲の首に優しく触れた。

春玲は自分の首に何かついているのに気がつく。

どうやら首飾りのようだ。宝石はついていないが、精巧な銀細工である。

「この首飾りは……？」

抱き締めた時に、飛藍が春玲にそっと首飾りをつけたのだろう。

「俺の一族に代々伝わるものなんだ。妹を助けてくれたお礼に、渡したかった」

微笑む飛藍だが、以前彼が落とした翡翠の髪飾りが、村一つ買えるほどの高価なものだったことを思い出して、春玲は首を横に振る。

「今日、家族に会えたことと、海が見れたことで、もう十分すぎるほどお礼はもらってます」

受け取れません、と春玲は首飾りを外そうとするが、飛藍はそれを制した。

「これはそんなに高価なものではない。ただ、俺にとっては凄く大切なものだ。だから受け取ってほしい」

首飾りを撫でる春玲の手を取り、そっと握る。

波の音を聴きながら、飛藍は真剣な表情で誓った。

「俺が守るよ、春玲。何かあったら呼んでくれ。必ず駆けつける」

澄んだ瞳に見つめられ、真っ直ぐな言葉が心を射貫く。

春玲は目を逸らすことができず、小さく頷いた。

「いつか必ず後宮から出て、俺の故郷を春玲に見せるよ」

後宮の華と呼ばれし、美しい人。

ただこの広い海の前で二人きり。

春玲には、今の彼は馬で駆け、力強く抱き締め、無邪気に笑う、年相応の男の子にしか見えなかった。

＊　＊　＊

陽が沈む前に、後宮に戻るため再び二人で馬に乗り、駆ける。

帰り道の春玲は口数が少なかった。

遠乗りに疲れたのか、飛藍から抱き締められ、どうしていいか分からないのか。

うつむき加減で馬に乗っている彼女に、飛藍は苦笑しながら帰路を急ぐ。

宮廷に着いた時には、とっぷりと日が暮れていた。

馬を繋ぎ場へと戻し、正面ではなく裏口へと回る。

再び女官の格好をした飛藍は、口利きのできる仲の良い門番に、薬の材料を市場へ取りに行っていたと言い、口止め料の駄賃を多めに握らせた。

春玲が父親からもらった薬箱を持っていたため、怪しまれはせず、今回限りだぞ、と秘密裏に宮廷内へ入れてくれた。

お互いの部屋に帰る途中、春玲は飛藍に丁寧にお礼を言って頭を下げた。

その頬は、少し赤くなっている。

飛藍が部屋に戻ると、朝方後宮を出るために協力をしてくれた侍女の香南が声をかけてきた。

「お帰りなさいませ、飛藍様。遠乗りはいかがでしたか？」

「楽しかった。ありがとう、香南」

「それはようございました」

女官の服を脱ぎ、椅子に座った飛藍に、香南はすぐに湯を沸かしますねと奥の部屋へと姿を消した。

ふう、と飛藍が息をつく。

机の上には、故郷の妹から届いた文がまだ広がっていた。

『お兄様、元気にしていますか。先日送っていただいたお薬のおかげで、私は最近すこぶる体調がよいです。主人も驚いております。本当にありがとうございました。こちらは牛の乳で作った酒が美味しくできる時期でございます。早くお兄様に会いたいわ。一族一同、お待ちしております』

丁寧な字で書かれた文に、すぐにでも返事を書こうと、墨を磨り白紙に筆を走らせる。

『文をありがとう。俺は元気だ。薬が効いたのならよかった。またすぐに送ってあげるよ。俺も皆に会いたいから、どうにか宮廷から出れるようにする。ただ』

淡々と書き連ねていく。そこまで記したところで、湯が沸いたと香南が声をかけてきた。

香南は文を書いている飛藍の側まで行くと、彼の首筋の違和感に気がつく。

「まあ、いつもつけている首飾り、どうしたんですか？」

普段から肌身離さず服の下につけている首飾りがないことを指摘する。

遠乗りの最中に落としたのではないか、探した方がいいのでは、と提案する香南に首を横に振る。

「春玲に渡したんだ」

当たり前のように一言告げると、香南は驚き、目を丸くする。

「飛藍皇子ともあろうお方が、あの由緒正しき首飾りを渡すなんて」

文を書いていた飛藍は、顔を上げて頷いた。

「あの首飾りは、生涯かけて守ると決めた女性に、皇子が渡すものではないですか」

香南の言葉に、飛藍は照れ臭そうにはにかむ。

誇り高き遊牧民、李瑠族の古くからの習わし。
愛しき女性に渡し、想いを捧げる首飾り。
それを遠い海の果てで、意味を知らぬ純朴な少女の細い首に、そっとかけた。
「……笑うか？」
数千人を束ねる李瑠族の皇子、飛藍の想いに寄り添うように、微笑む香南。
「いえ、応援しておりますよ」
二人で笑い合うと、飛藍は再び筆を持ち、文の続きを書く。
身代わりとして、性別を偽ってまで遠い後宮に来た、大切な家族へ。
『俺も皆に会いたいから、宮廷から出れるようにする。ただ』
『好きな人ができたから、もう少しここに残る』
と、一文を添えて。

第三章　お茶会と嫉妬

先日の遠乗りは、運よく誰にも気がつかれなかったようで、咎められることはなかった。

家族たちとの楽しい時間、きらきらと光る海と青空、そして、

『俺が守るよ、春玲』

飛藍の顔と声を、いまだに間近に感じる。

その後も、相変わらず気さくに話しかけてくれる飛藍に、春玲はどう接していいのか分からず、少々ぎこちなくなってしまっている。

侍女の琳々から、素敵な首飾りですね、と褒められただけでうろたえてしまう始末だ。

「いけない、しっかりしなくちゃ」

独り言を呟き、薬学書に再び視線を落とす。

父親から受け取った様々な材料で、薬を作ろうと試みているところだった。

夕食を終えてから、寝るまでの時間に毎日勉強をしている。

肩をほぐしながらふと窓の外を見ると、薄闇の中に人影があるのが見えた。

目を凝らすと、それは龍の刺繍がされた藍色の服を着て、長い黒髪に金冠を載せている青年だった。

「湖月皇子……？」

皇族が住んでいる宮からは少し距離があるが、日の暮れた夜に、ゆったりとした歩調で歩いているのが目を引いた。

どうしようか迷って、しかし先日の礼が言いたいと、袂に薬の包みを入れ、部屋を出てその背を追った。


湖月は、後宮内の池の近くまで歩き、そこに架かっている橋の中心から月を眺めていた。

飛藍が前に二胡の腕前を披露していた場所だ。

昼間は人通りも多く、皆の憩いの場となっているが、夜は人影もない。

皇子自ら、護衛もつけずに散歩をするのはいささか不用心だが。

湖月は両腕を背中で組み、月を見上げながら何か考え事をしていた。

高位の者しかつけることを許されない、腰帯の孔雀石の佩玉が揺れている。

春玲がゆっくりと近づき、橋を渡ろうとすると、ぎし、と床板が軋んだ。

その音で、湖月の顔がこちらを向く。

「湖月皇子、春玲でございます。夜分遅く失礼いたします」

一人の時間を邪魔しては悪かったかな、とすぐさま春玲は頭を下げた。

しかし、氷点下の視線を投げかけてくるだけで、湖月は何も答えない。

「先日はありがとうございました。薬をいただいたおかげで、お困りの方に薬を作ることができました」

頭を下げたまま、感謝を端的に伝える。

以前、迷い込んだ翠玉殿の庭園にて、湖月に譲ってもらった薬を使い、飛藍の妹の病を治す薬を作ることができた。

皇子の気まぐれか、優しさかは分からないが、人一人救えたのは事実である。

「……そうか」

湖月は闇に消え入りそうな声で、一言だけ答える。

「私をここへ招いてくださったことも、重ね重ねありがとうございます。父と母も元気にやっていました。医院が潰れて、一家で路頭に迷うところでしたので」

感謝を伝えると、湖月が眉を上げた。

飛藍と宮廷を飛び出し、馬に乗って家族に会ったことは、口外してはいけないことであった。

「その、家族から文が届きまして、皆元気にやっているようです」

思わず口が滑ってしまったので冷や汗をかいたが、どうにか誤魔化す。

本心からの感謝の言葉だったのだが、湖月は、ふっ、と鼻で笑った。

「不機嫌な皇子のご機嫌を取って、この箱庭の中で生きるよりは、路頭に迷う方が幸せだったかもしれぬぞ」

巷(ちまた)で噂されている二つ名を自ら言い、卑屈に眉根を寄せる湖月。

「そ、そんなことございません。後悔せぬ過ごし方をしていく所存です」

家族と自分を救っていただいたのだ。多少不便で息苦しいこともあるが、後宮での生活に活路を見出していく他ない。

春玲の返答を聞き、目を伏せると、湖月は池の水面(みなも)を見下ろした。

もう話すことはない、と全身で拒絶を示している。

前回、夜の庭で会った時も、少し触れた指先を払い除けられてしまった。

女嫌いで有名な、世継ぎを作らぬ不機嫌な皇子。

何人もの妃嬪たちが、半ば諦めに似た感情を抱いている張本人。

春玲は、袂に入れていた薬の包みを数個取り出し、そっと差し出した。

「恐れ多いのですが、湖月皇子に先日のお礼として、薬をお作りいたしました」

父親からもらった薬箱の材料で作ったものだ。

先日、夜に湖月の庭に迷い込み、貴重な薬草を受け取った際に彼と少し手が触れた。

その時、予知の巫女の能力なのか頭に鈍痛が走り、映像が流れ込んできた。

湖月が寝所でぜえぜえと息を荒くし、自らの胸を掴んでいる姿が。

月明かりに照らされた顔色は青白く、苦しそうに咳き込んでいて、すぐにでも駆け寄って背中をさすってあげたいほどの情景だった。

一瞬だけ見ることができた、皇子の辛そうな姿。

その時、春玲は思ったのだ。

『不機嫌な皇子』は、不眠で常に体調を病んでいるのではないか、と。

次に会えることがあったなら、不眠に効く薬を作って渡そうと思っていた。

いつになるか分からないその日は、意外とすぐに来た。まさか自室近くを、皇子が歩いている姿を見つけるとは。

「薬？　私に、なぜ」

あらかじめ調合しておいた薬を手に持ち、急いで皇子の足を止めた春玲に、事情を知らぬ湖月は冷たい調子で返事をする。

「皇子は、あまり眠れていないのではありませんか？」

春玲の言葉に、池の水面（みなも）に視線を落としていた湖月が、首だけこちらへ動かした。少し驚いているような表情なので、図星だった様子だ。

「この前手が触れた際、指先が冷え切っていました。顔色も悪く、こめかみに筋が出ている。眠りが浅い人の特徴です。疲れもあまり取れないですよね」

庭で力強く払われた指先は、氷のように冷たかった。

表情がなく、顔色が悪いのも、安眠できていないからかもしれない。

「眠る前にこちらを飲めば、少し寝つきがよくなるはずです。なるべく考え事をせず、厚着をして、仰向けで深呼吸をしてくださいね」

高貴で尊き皇子が、不眠で悩んでいるなど、他の人には相談できないのだろう。

平民には分からない重圧に押し潰されているのかもしれないと案じ、最初に作ったのが、安眠を促す薬であった。

じっと、春玲の真意を探るかのように湖月は目を合わせた。

闇に溶けてしまうかと思うほど、真っ黒な瞳。

「それが毒でないという証拠は」

冷たい声が、春玲の善意を一蹴した。

予想外の言葉に、春玲は口を開けたまま二の句が継げずにいた。

そんなわけがない、と伝えたいが、うまい言い方が思い浮かばない。

動揺した春玲を、湖月の眼光が鋭く貫く。

「私の母上は、毒を盛られて死んだ」

そう告げられ、儀式の際に必要最低限の言葉しか発さず、表情が読めず、美しい妃（ひ）嬪（ひん）たちを前にしても一切笑わない、彼の心の闇が見えた気がした。

証拠はない。この小さな包みの中の粉が、毒なのか薬なのかなど。

「私に、皇子を謀（たばか）る理由はありません」

そう言って春玲は両手のひらを広げ、薬を差し出す。

信じてもらうには、誠実に訴えるしかない。

「ああ、でも触れられるのが嫌なのですよね。そうしたら、この橋の手すりに置いておきますので、取っていただければ……」

女は嫌いだと、この前手を払われたばかりであった。

「構わん」

湖月はゆっくりと腕を伸ばし、春玲の手から薬を掴み上げた。

そっと触れた指先は、やはり体温が通っていないかのように冷たかった。

つまんだ薬の包みをじろじろと眺めて、湖月は薄い唇を開く。

「後宮の者に、体調を気遣われたのなど初めてだ」

自嘲気味に言い放ち、春玲に視線を向ける。

「どの者も口を開けば、自分がいかに他の女よりも優れているか並べるばかりで、私のことなどどうでもいいようでな」

日々行われる謁見の儀や、御目通りの際に、自分を選んでもらうために長所を伝えるのは妃嬪(ひひん)がよくやることだ。

しかしその打算が、湖月の女嫌いに拍車をかけている。

「皆、皇子に愛されたいのです」

後宮に集められた、数多いる美しい女性たち。

妃になれば手に入る、地位や財産、権力を欲するのは当然だろうが……

この、今にも消えてしまいそうな不思議な魅力を持つ、湖月皇子からの寵愛が欲しい者も、多いのではないだろうか。

湖月は橋の上に佇み、手を伸ばしたら触れられる距離の春玲を見つめる。

「ではお前は、私に愛されたいと思うのか」

その瞳の奥の真意を探るかのように。

春玲は言葉に詰まった。

当初の目的は、実家の医院や家族を救うためだったのだから。

湖月皇子の妻になるという、後宮での本来の目的を見失っていた自分が恥ずかしかった。

「皇子に愛されたいなど、おこがましいです」

春玲は、本心を語る。

「真実の愛というのは、親が子供に注ぐような、見返りを求めぬ無償の愛だと思います。なので、私は皇子から愛されたいなどとは思いません」

祖父が優秀な宮廷医師だったため、その血を引く自分は皇子からの同情で後宮に入っただけである。

今後自分が、心から皇子を想うことがあったとしても、皇子からの愛を望むなど恐れ多い。

予想外の言葉だったのだろう。湖月は微笑む春玲の顔を怪訝(けげん)そうに眺めていたが、

「――変な女だ」

と息を吐いて、顔を背けた。

後宮の者ならば皆、皇子からの寵愛を求めているというのに、それを望まないというのは確かにおかしな話である。

「これはもらっておく。もしこれが毒で、飲んで私が死んだら、どちらにせよ後宮の者たちは宮廷から追い出されるものな」

指先で薬の包みをつまみながら、湖月は冷たく言い放つ。

自分の命を顧(かえり)みない、一国の皇子らしからぬ発言は、忠臣たちが聞けば眉をひそめるだろう。

「毒ではございませぬ、どうかご自愛くださいませ」

春玲の言葉に、ふん、と鼻で笑い背を向ける。

長い髪を揺らし、湖月は実に緩慢な歩みで池に架かる橋を渡り、暗闇に消えるように去っていってしまった。

その背を見送り、橋の上で一人、春玲はほっと肩を落とした。

＊　＊　＊

『湖月。あなたは大きく澄んだ湖に月が映る、そんな夜に生まれたのよ』

優しい声色。母親は幼い湖月を抱き上げて、歌うように言葉を紡ぐ。

『月のように綺麗な瞳をしているわ。その目で、どんな未来を見るのかしら』

とんとん、と背中を叩き、湖月の髪を撫でる。

『母上は、あなたをずっと見守っているからね』

皇子としてではなく、たった一人の愛しい息子として、皇后である母は幼子の湖月を強く抱き締める。

『宮廷医を呼べ！　早く！』

宦官の怒声に、女官からの悲鳴が上がった。

美しく着飾った皇后である母が、口から血を流し、床へ力なく倒れ込む。

『毒に違いない、皇后様！』

文官が慌ただしく走り回る。

冕冠を頭に載せた皇帝である父が、苦しそうに息をする母親の側に駆けつけ、その体を抱き締める。

騒然とした広間の中、幼い湖月は、少し離れたところで見ていた他の妃が、金の扇子で顔を隠しながら、密かに口角を上げ笑っているのを見た。

何もできない湖月は、震える唇で、ははうえ、と呟く。

『次の皇帝は第三皇子の湖月様だろう。今のうちに取り入っておくしかないな』

『勉学も武術も才があるが、いかんせん愛想がない。政も婚姻も、人との繋がりだというのに』

『湖月皇子、ぜひわたくしを褥に呼んでくださいませ』
『皇子に似合う衣装を準備いたしました、今度の宴に来てくださいまし』
『皇子は何を考えているんだ。年頃なのに子の一人も作らず』
『不機嫌な皇子とはよく言ったものだ』
『お初にお目にかかります、皇子』
『皇子』

湖月は想う。
母上よ、これがあなたが私に望んだ未来か？
誰も信用できず、私は皇子という肩書きのみで生かされているだけの木偶の坊だ。
優しいあなたの代わりに、私があの時死ねばよかったのに。
今あなたと共に、月を見上げることができれば、どれだけ幸せだろうか。
この宮廷の中に、私の安息の地などないのだから。

＊　＊　＊

はっ、と息を呑み、目を開ける。

薄暗い寝所の天井を見つめ、湖月は今しがた自分が眠っていたことに気がついた。

何度も何度も見る、悪夢の繰り返しに嫌気が差す。

外はまだ暗い。今宵も、わずかな時間しか眠れなかったようだ。

額に浮かんだ脂汗を拭き、随分うなされていたのだろう、からからに渇き切った喉を潤すために、枕元に置いてある硝子(ガラス)の器に汲んだ水を口に含んだ。

ふと、側に置かれていた薬の包みが目に入る。

そっと幼き日を思い出しながら、月を見上げていたその時、橋の上で緊張し切った顔で妃嬪(ひひん)が差し出してきた薬。

『皇子は、あまり眠れていないのではありませんか？』

『真実の愛というのは、親が子供に注ぐような、見返りを求めぬ無償の愛だと思います』

野心などを持っていなさそうな、あどけない少女の声を思い出す。

心の底から、指先の冷え切った眠れぬ青年を心配している表情だった。

「郭春玲、か……」

湖月は広い部屋で一人、その女の名前を掠れた声で呟き、薬の包みを眺めた。

＊　＊　＊

小鳥のさえずりが聞こえ、窓から朝の陽の光が射し込んできた。

春玲は大きく伸びをして、あくびを噛み殺しながら立ち上がる。

顔でも洗おうと、水甕のある場所へと歩くと、

「おはよう、春玲」

着飾った飛藍が、椅子に腰掛けて手を振ってきた。

招いた記憶はないのだが、当たり前のように春玲の部屋にいる。

首元に毛皮のついた民族衣装ではなく、橙色の衣にかんざしをつけ、完璧に化粧を施した、目が覚めるほど美しい女の姿だった。

「朝早くいらっしゃったので、部屋にお通しいたしました」

侍女の琳々は隣の椅子に座ってにこにこと笑っている。二つ茶が並べてあり、春玲が起きるまで二人で談笑していたようだ。

「お寝坊さんだね、春玲。今日は朝儀があるから早く支度をしないといけないのに。そんなことだろうと思って、迎えにきたよ」

春玲のことはお見通しと言わんばかりだ。

そういえば、今日は連絡事項がある際に不定期で開かれる、朝儀が広場にて行われる日であった。

すっかり忘れていた春玲は、支度をしようと慌てて顔を洗った。

琳々も茶を置き立ち上がり、萌葱色（もえぎいろ）の布に銀糸で若草の刺繍がされた衣を広げ、春玲を着替えさせようとする。

飛藍が本当は男性だというのを知らない琳々は、同じ部屋で春玲の着替えをするつもりのようなので、隣の寝所を指差し、促した。

「琳々、隣の部屋でお願い」

頭の上に疑問符を浮かべている琳々の手を引いて、そそくさと移動する春玲を見て、飛藍は笑いを堪えながら茶を一口飲んだ。

「今日は何の話だろうね。まあ、あの皇子は今日もほとんど喋らないんだろうけど」

広場に向かいながら、飛藍が話しかけてくる。

春玲が後宮に来た初日、大勢の武官や妃嬪の前で名乗り、御目通りした時も、湖月皇子は一言発しただけだった。

橙色の衣を纏い、長い髪を編み込みまとめている飛藍を、道行く人々が皆見つめている。

その場をぱっと明るくする華やかさは、天性のものなのだろう。

朝議のような正式な場での姿は、まさに後宮の華そのものである。

広場にはもう多くの妃嬪が集まっていた。皆、久々の皇子の御目通りだから、身なりにも気合が入っているようだ。

飛藍の横で、列の一番後ろについた春玲は、甲冑を着た兵に囲まれ緊張し、息をついた。

「湖月皇子が入られる、頭を下げよ！」

正面に立っている宦官の声に、全員が敬意を込め一斉に頭を下げる。

中央の扉を開けて入ってきた湖月は、金の糸で龍の刺繍がされた漆黒の服に身を包み、玉座に腰をかける。

そして一言も発さずに、頬杖をついた。

「今日も、不機嫌な皇子はご健在だ」

飛藍が小さい声で春玲に耳打ちをする。

彼は皇子と儀式以外で会ったことはないのだろうが、春玲は夜の翠玉殿の庭と、池の橋の上で二度、二人きりで話している。

今日も病的なまでに白い肌と、感情のない表情は相変わらずだ。

正面に立つ宦官は、周辺国家の情勢を話す。

戦が起こらぬよう、同盟国に使いを出したことや、日照りが続き農作物が不作のため、民の不満が溜まっていることなど。

春玲は、城下町の両親たちは値段が高騰している野菜をちゃんと買えているだろうか、などと能天気なことを考えていた。

「先日、湖月皇子が隣国へ赴かれた。同盟国として今後もかの国とはよき関係を続けるつもりだ」

少し疲れているように見えたのは、皇子として遠征をしていたからのようだ。

「そこで明日、湖月皇子の慰労会を開くこととする。後宮からも、数名参加することになる」

慰労会、という単語に、妃嬪たちが顔を見合わせる。

「今回は隣国へ視察に行かれた湖月皇子を労うお茶会であり、詩劉皇子、翔耀皇子も同席される、格式高いものだ。招かれる者は心するように」

この中から選ばれた者は、皇族たちのお茶会に招待されるようだ。

そこで気に入られれば一気に皇后になれるかもしれない好機である。

広場はざわめき出した。綺麗に着飾った妃嬪たちは、自分が選ばれたいと切に願っているのだろう。

「静粛に！　……今からその者の名前を読み上げる」

名誉あるお茶会への参加者が今から呼ばれるようだ。

宦官は巻物を開き、そこに書かれている人物の名前を一人ずつ読み上げていく。

広場一帯に緊張感が走る。

「まずは、明杏」

宦官(かんがん)の言葉に、全員が明杏の方を見た。

たっぷりと間を置き、一歩前へと出ると、

「はい」

声高く返事をして、明杏は微笑んだ。

有力な豪族出身で、一族の力はこの中で群を抜いているであろう。

勉学などの才もあり器量もよい明杏は、選ばれて当然だ、という自信に満ちた笑顔で一礼した。

「続いて、飛藍」

次に呼ばれたのは飛藍であった。

誰よりも目を引く美しさと、池の周りで弾いた二胡(にこ)のうまさが評判を呼んだのかもしれない。

「光栄です。素敵なお茶会にいたしましょう」

胸に手を当て、皆を魅了する笑みで返事をする飛藍。

隣にいる飛藍を見て、おめでとう、と春玲は小さく拍手する。

「そして最後に」

その場にいる全員が固唾を呑み自分の名前が呼ばれるよう祈っているのに、飛藍様はさすがだな、私ももっと精進しなくては、などと春玲は思っていた。

「春玲」

宦官の声に、その場がしん、と静まり返った。

周りにいた者たち全員、飛藍でさえも、まさか春玲が呼ばれると思っていなかったのか、目を丸くして彼女の方を振り返った。

「返事をせよ、春玲」

「は、はい！」

訝しげな顔をして再び名前を呼ぶ宦官に、春玲が慌てて返事をする。

なぜあの子が、どんな手を使ったの、私の方がもっと、などと囁き合う声が聞こえたが、致し方がない。春玲本人でさえ、なぜなのか分からなかったのだから。

遠い玉座に座り頬杖をついている湖月皇子と、目が合ったような気がした。

一緒に参加できるね、と隣で和ませてくれる飛藍の奥から、明杏がこちらを睨んでいるのが見える。

後宮であまり目立ちたくない春玲は、まずいことになったな、と頬を引き攣らせた。

＊　＊　＊

「しゃんとしてくださいまし、春玲様。これはとてもよい機会なのですから！」

「そ、そうだよね。しっかりしなきゃ……」

琳々に髪の毛を編み込まれながら、春玲は何度もしっかり、しっかりと呪文のように唱える。

多くの妃嬪（ひひん）の中からまさか選ばれるとは思っていなかったので、心の準備ができないまま一晩明け、お茶会開催の朝がやってきた。

入念に白粉（おしろい）を塗り、眉を描き、頬紅を叩く。一番美しい春玲様を皇子様にお見せしなければ、と琳々も意気込んでるようだ。

いつも以上に着飾った春玲に手鏡を見せ、頑張ってきてくださいね、と見送ってくれた。

普段より少し大人っぽく、艶（つや）やかな化粧は、自分でも驚くほどであった。

部屋を出てお茶会の開かれる庭園へ重い足取りで向かっていると、肩を叩かれた。

「おはよう」

完璧なまでに美しく着飾った、飛藍である。

「緊張して朝食が喉を通りませんでした……」

「はは、じゃあお茶会で出た菓子をいっぱい食べよう」

うな垂れる春玲を元気づけるように、飛藍が励ます。

「無理しなくても、ありのままの春玲でいれば大丈夫だよ」

不安なままの春玲だったが、そう声をかけられ、ありがとう、と頷いた。

しかし、複雑なのは飛藍の方であった。

想い人である春玲が、次期皇帝と名高い湖月の目に留まっては困ると、内心穏やかではない。

あんなにいる妃嬪(ひひん)の中で、なぜ自己主張をしない春玲が選ばれたのかも解(げ)せなかった。

春玲に恥をかかせたくはない。けれど、必要以上に皇子に気に入られても困る、と隣を歩く少女の横顔を見ながら、飛藍は頭を悩ませていた。

後宮に住まう者にとって大変名誉なことだというのに、二人の足取りは重かった。

＊　＊　＊

宮廷の中で一番広い庭園に、大きな卓と椅子が並べられていた。

花菖蒲が咲いており、辺りには甘い香りが漂っている。

天気にも恵まれ、実にお茶会日和といった陽気だ。

三人の皇子は、普段は長兄から順に座るが、今回は主役である湖月から順に上座に座っていた。

女官たちが忙しなく茶器や食器を運び、卓に並べていく。

「まさかこの前の三人を選ぶとは、湖月も意地が悪いな?」

一番端に座る第二皇子の翔耀が愉快そうに笑った。

先日、離宮で休んでいる際に、水甕を持つ春玲、突き飛ばす明杏、助ける飛藍の三人を目撃したのだ。

女同士あまりよい関係ではないのを分かっていながら、湖月が同席者をその人選にしたことを面白がっているようだ。

湖月は兄の言葉に、小さく会釈をする。

「まあよいではないか。三人とも見目美しい女性だし、楽しい会になりそうだ」

末っ子の湖月の心理はよく分からないと思いつつも、長兄である詩劉はどちらの弟にも気を遣いながら喋る。

「来たぞ」

翔耀が庭園の入り口に、宦官（かんがん）に案内されて入ってきた三人の女性を顎で示した。

初めに明杏。杏色の衣に真珠の髪飾りをしている彼女が、皇子の前で礼をした。

その次に飛藍。色素の薄い栗色の髪と同じ色の瞳が、陽の光を受け輝いている。

最後に春玲。あどけない顔の少女が、今日は大人っぽい真紅の深い色の化粧をし、髪も綺麗に編み込んでいる。

「三人共、よく来てくれた、今日は湖月の慰労会だ。ぜひ楽しんでいってくれ」

詩劉が話すと、妃嬪（ひひん）三人は深々と礼をして上座から明杏、飛藍、春玲の順に座った。

翔耀の向かいに座った春玲は、片眉を上げ陽気に手を振ってくる翔耀に面食らった。

女官が、茶器を各人の前へ置き、淹れたての茶を注いでいく。

「今年採れたばかりの新茶だ」

湖月が初めて声を発した。

伏し目がちに視線を茶器に落とし、香りを嗅いでいる。

「湖月は本当、茶が好きだよな。さ、いただこうか」

翔耀が茶器を持ち、口をつける。それに合わせて、他の五人も一口飲んだ。

ふわり、と甘い花の香りが口に広がる。

「美味しいですわ、さすが湖月皇子のお選びになったお茶でございます」

明杏が満面の笑みで、正面に座る湖月へと話しかける。

しかしその大仰なお世辞には返事をせず、湖月は再び視線を落とした。

「本日は皇子様方がお揃いのお茶会に呼んでいただき、大変光栄ですわ。わたくし明杏、お菓子を手作りいたしました。よかったらご賞味くださいませ」

明杏が手を叩くと、侍女が皿に盛ったお菓子を運んできた。

茶色の焼き菓子の中に、黄色い杏が入っている。

「わたくしの名前の明杏にちなんで、砂糖漬けの杏が入っております。ぜひ」

準備してきたのであろう台詞を言い、大袈裟に振る舞う明杏。

飛藍は、明杏の綺麗に磨かれた伸びた爪を見て、どうせ自分ではなく侍女に作らせたのだろうに、と内心ため息をついた。

春玲はそのお菓子を見つめ、砂糖は高価なのに、それを果実に漬けるなんて豪華だな、と目を輝かせていた。

飛藍と春玲が、小さな焼き菓子を口に運ぶ。

「わあ、杏が甘酸っぱくて、とても美味しいです」

春玲が口元を押さえながら感嘆の声を上げる。

普段忌み嫌っている相手だが、褒められたのは嬉しいらしく、明杏は満足げに頷いていた。飛藍も素直に頷く。

しかし、三人の皇子はいまだ菓子に手をつけていない。

向かいの席の女三人が無事に呑み込み、異変がないことを確認してから、詩劉と翔耀も菓子を口へと運んだ。

毒味係が確認していないものは口にしない、皇族ならではの行動である。

うん、確かに美味い、と詩劉と翔耀が顔を見合わせる。

ところが湖月は皿に視線を落としたまま、一向に手を動かそうとしない。

「湖月様、いかがいたしましたか？」

「……私は甘味は好かん」

凛とした低い声でそう告げ、側近に皿を下げさせる湖月。

手もつけないその毅然とした様子に明杏は驚き、悔しそうに唇を噛み締めた。

正式な毒味をしていない食べ物を口にしたくなかったのか、それとも本当に甘いものが好きではなかったのかは定かではないが、湖月の言葉に、穏やかな庭園に張り詰めた空気が流れる。

やれやれ、とため息をつく詩劉と、面白そうに眉を上げる翔耀は、不機嫌な皇子と呼ばれる弟の態度には慣れたものか、咎める気はないようだ。

お茶会の主賓であり、妃嬪の主君である湖月に無下に扱われて、明杏は服の袖を握り黙り込んでしまった。

「ええと、本当に、凄く美味しいですよ」

取り繕う春玲の言葉が、むしろ火に油である。

飛藍はその空気に耐えられず、茶を一口飲むと立ち上がった。

「もしよろしければ、一曲弾いてもよろしいでしょうか？」

自室から持ってきていた二胡（にこ）を手に取り、皇子たちへとお伺いを立てる。

「二胡（にこ）を弾けるのか。湖月、聴いてみよう」

詩劉の言葉に湖月が小さく頷くと、飛藍は弦を構え、細い指でそっと弾く。

軽やかな音色が、風に乗って耳をくすぐる。

先日池の前で弾いていたゆっくりとした曲ではなく、庭園で聴くのにぴったりの明るい調子のものであった。

心地よい音色に、胸が躍る。

春玲は曲に合わせて首を揺らしながら、飛藍の整った横顔を眺める。

長いまつ毛に、通った鼻筋。男と言われなければ誰も疑うことはない、美しい友人。

一曲弾き終わり、飛藍が礼をすると拍手が湧き上がった。

無愛想な湖月ですら、手を鳴らしている。

「よい曲だ」

「ありがとうございます」

珍しい湖月の賛辞に、飛藍が嬉しそうに微笑む。

そして二胡を女官に渡し、席につくとほっと息を吐いた。冷め切った空気が少し暖かくなったようだ。

そんな中、春玲は自分には何も特技がないことに焦っていた。

呼ばれた三人のうち、二人が事前に準備をしていたというのに、何も用意していない自分が恥ずかしい。

明杏は料理、飛藍は楽器の披露をしたが、皇子たちに見せることのできる特技など何もないのだ。

「そういえば、そなたは郭諒修の孫であったな。医学などに詳しいのか」

「は、はい！　でも、まだまだ未熟者でございます」

第一皇子、詩劉の問いかけにすぐさま返答する。

綺麗に塗った白粉が取れてしまうのではないかというほど、冷や汗をかきながら春玲は頭を巡らせる。

医学の知識を述べたところでつまらない。薬の作り方の手順を口頭で伝えようにも、分からないだろう。

何か助け舟を出したいと、隣の飛藍も考えている様子だが、思い浮かばないようだ。

静かな湖月の視線が、焦りに拍車をかける。

「生まれが城下町の医院なんだってね。何かそこで面白い患者はいなかったか？　町人たちの暮らしの話を聞きたいな」

正面に座る、第二皇子の翔耀が茶を持ちながら話を振ってきた。

皇族に生まれ、ほとんど宮廷から出たことのない身分からすると、城下町の日常というだけで興味深いのだろう。

兄弟の中では一番気さくな翔耀の提案に、春玲は天の助けとばかりに頷いた。

「はい、では医院に来た方のお話をさせていただきます」

深く息を吸って、心を静める。

お茶会に参加する他五人の視線が春玲に向けられた。

父の手伝いをしつつ、様々な患者を診てきた、春玲ならではの話。

「ある日川縁から落ちて足を怪我した、若い青年が治療に来ました。その方は、恋仲の女性に、水辺に咲く珍しい花を贈りたくて摘んでいたところ、足を滑らせてしまったとのことでした。足を固定し、数日医院で安静にすることになりました」

数年前、びしょ濡れで足を引きずりながら医院の扉を叩いた青年を思い出す。

「同じ日に、剣で手を切った女性も来院しました。刃物など包丁以外使ったことがないようなのですが、想い人である男性に渡すために、購入した剣を研いでいたら切ってしまったと。傷が少し深かったので、処置後、医院で休んでいくことになりました」

止血をして大事には至らなかったが、慌てて医院に飛び込んできた、若い女性。

「処置室で会った二人は驚いていました。その二人が恋人同士だったのです。女性は男性に剣を贈ろうとし、男性は花を贈り彼女に求婚しようとしていたのです」

へえ、と耳を傾けていた翔耀が興味深そうに相槌を打った。

「お互い秘密に準備していたのに、おっちょこちょいで怪我をしてしまい、二人とも贈り物がばれてしまいました。でもとても微笑ましくて、仲のよい恋人同士でした。数日後、怪我が治った日に医院の前で彼が彼女に求婚し、成功。その場にいた皆でお祝いしました」

当時を思い出し、春玲はくすくすと笑う。

「今はご結婚され、お子さんにも恵まれてらっしゃいます」

「ふふ、それは面白い話だな。お互いを想い合ってた故に起きた偶然だ」

詩劉が感心したように頷いている。

「子供も、親のおっちょこちょいを受け継いでいるかもな」

おかしそうに笑いながら、翔耀も相槌を打つ。

何か面白い話を、と言われた時には少し焦ったが、満足してもらえたようだ。

楽しげに話す春玲を見つめながら、緊張がほぐれたならよかった、と飛藍は安心していた。

「他にはないのか？」

翔耀が、気に入ったのかもっと聞きたいと催促してくる。

面白いことが好きな第二皇子はご機嫌である。

「そうですね……ある日、よぼよぼの老人が医院の前で行き倒れていたので、助けて治療をしました。しかし持ち合わせがないということで、小さな種を数粒だけ父に渡しました」

まるで子供に物語を聞かせるように、情景がありありと浮かぶ穏やかな口調。

春玲の話に、全員が耳を傾ける。

「父は腐った花の種かと思って庭に捨てたのですが、忘れた頃に芽が出て成長し、幹が伸び、立派な蜜柑の樹が成ったのです。実は助けた老人は、豪族に雇われている果樹園の大地主で、もらったのは蜜柑の樹の種でした」

米や塩などの最低限の食料とは違い、果物は贅沢品だ。

さらに蜜柑は、平民には手が出せない高級品であり、なかなか城下町では食べることができない。助けたお代以上の見返りが来たというものだ。

「なので、うちは裕福ではありませんでしたが、蜜柑だけは立派なものを食べていました。近所の方たちに配るほど、とてもたくさんの蜜柑が生るのです」

「それは羨ましい。宮廷内でも蜜柑は稀有なものだ」

「まさに情けは人のためならず、だな」

皇族ですら、なかなか新鮮な果物は食べられないらしい。

羨ましい、と詩劉と翔耀の二人が言うと、今度家から送ってもらいますね、と春玲が微笑む。

毎日医院の手伝いをしていた春玲は、いくら話しても話し足りないほど、いろいろな話題が出てくる。

宮廷内のことしか分からない皇子たちにとっては新鮮らしく、もっと聞きたい、とさらに催促された。

和気あいあいとした時間が過ぎていく。

心配していたが、経験が生きてよかったな、と飛藍は隣で話す春玲を見つめほっとした。

しかし、その時、飛藍は見逃さなかった。

春玲の話を聞きながら、上座に座る湖月の口角が、ほんの少しだけ上がっていたのを。

あの『不機嫌な皇子』が、穏やかに微笑んでいたのである。


「ああ面白かった、いい話が聞けたよ」

一通り春玲の話を聞き、満足した翔耀が拍手をした。

「私ばっかり喋ってしまい、申し訳ございません」

「いや、また聞かせてくれ」

詩劉も優しい笑みを浮かべ春玲を労(ねぎら)っている。

湖月は元の無表情に戻っていたが、二人の兄と同じ気持ちだというように頷いた。

面白くなさそうなのは明杏だけで、彼女を除く卓に座る皆が和(なご)やかな気持ちに包まれていた。

「それにしても、綺麗な庭園ですね。隅々まで手入れが行き届いています」

春玲は茶を一口飲み、庭園を見回す。

色とりどりの花が咲いていて、一年中どの季節も楽しめそうだ。

青々とした新緑も美しく、見ていて心が癒される。

「手入れはよく湖月がしているんだ。日照りが続く時は自ら柄杓(ひしゃく)で水をやったりな」

翔耀の言葉が少し意外であった。

庭の手入れなど、女官や庭師が行い、皇子は愛(め)でるだけだと思っていたから。

そういえば、先日迷い込んだ湖月の私邸の庭も、よく手入れがされていた。

木々や草花の世話が好きなのかもしれない。

湖月の知らない一面が知れたと、春玲はそっと彼を見つめる。

すると、一番遠い席の湖月が茶器を置き、口を開いた。

「この奥にはもっと多くの種類の花や草がある。見てみるか？」

その言葉に一番驚いていたのは、二人の兄たちだ。

女嫌いの湖月が自分から誘ったことに、顔を見合わせ目配せしている。

「は、はい！」

春玲が背筋を伸ばし、勢いよく返事をする。

「ついてこい」

椅子を引いて立ち上がり、一番遠い席に座っていた春玲を、奥の庭園へ促す湖月。

湖月の言葉に従い春玲も立ち上がり、座っている他の人たちの反応を見た。

二人の兄たちは、行っておいで、と快く送り出してくれたので、歩き出している湖月の背を追う。

明杏からは鋭い目で睨まれていた。そして仲のよい飛藍ですら、口元は笑っていたが目が一切笑っていなかったのが少し気になった。

「見ましたか兄上、湖月が自分から女性を誘うなんて。明日は雪が降るかも」

大袈裟に肩をすくめて笑う翔耀に、茶を飲んでいた詩劉は頷いて答えた。

「そういえば湖月、最近顔色がいい。よき相手を見つけたのかもしれん。今後が楽しみだな」

連れ立って歩いていく二人の後ろ姿を見つめながら、微笑ましそうだ。

「何よ、地味な医者の娘ごときが、生意気だわ」

正面の皇子たちに聞こえないように小さな声で、明杏が怒りをあらわにする。

なぜあんな小娘が、と舌打ちをしたいのを堪えているのだろう。

「……面白くない」

ぼそっと、飛藍が呟いた。

全面的に春玲の味方ではあるが、湖月から特別扱いされている様を見て、無性に悔しくて仕方がなかった。

「ねえ、あなたもそう思うわよね？」

後宮の華と呼ばれし高嶺の花も、春玲になど出し抜かれたくないはずだと、明杏が同意を求めてきたが、飛藍にその声は聞こえない。

「茶も、俺が淹れたものの方が絶対に美味しいのに……」

「え？」

ぶつぶつと低い声で呟く飛藍を怪しむ明杏。

自分の故郷のお茶を、美味しいと言ってくれた春玲の顔を思い出し、飛藍は強く拳を握り締めた。

＊　＊　＊

前を歩く湖月の背を追いかけ、春玲が庭の先へと進むと、綺麗な花々が二人を出迎えた。

わあ、と鮮やかな情景に声を上げる。

こんな美しい庭なのに、普段は皇族以外立ち入りができないなんて勿体ないな、と思いながら、春玲は湖月に礼を言った。

「今日はお誘いいただきありがとうございます」

多くの妃嬪の中からたった三人しか選ばれないお茶会に、自分が誘われたのが恐れ多く、嬉しかった。

湖月は背中で腕を組み、ゆっくりと歩いていたが、周りに人がいないことを確認すると、春玲を振り返る。

「数年ぶりによく眠れた」

今日初めて目が合った。

この前、夜の橋の上で渡した薬を飲んだということだろう。

ぶっきらぼうな言い回しだが、それが彼の性格なのだと春玲は理解した。

「それはよかったです！」

確かに頬に少し赤みが差しており、以前より顔色もよさそうに見える。

調合した薬が彼の体に合うかどうか心配だったが、安心した。

「毒では、なかったでしょう？」

開口一番、毒でないか疑われたことを思い出し、口を尖らせて春玲が訴えると、珍しく湖月が目を細めた。

不機嫌な皇子の、少し微笑んだ顔に驚き、春玲もほっとして口元を緩ませる。

「嫌な夢を見なくていいほど、深く眠れたのはいつぶりか」

長い指で花びらを撫でながら、湖月は低い声で言う。

高い背の彼を見上げつつ、高貴な雰囲気を纏う、花の似合う人だな、と思わず見惚れてしまった。

皇子と妃嬪は、そう簡単に会って話すことはできない。

お茶会の参加者に春玲を選んだのは、人の見ていない場所で礼を言うためだったのかもしれない。

女嫌いで不機嫌な皇子の、不器用なりのやり方なのだろう。

「また薬をお作りして、お持ちいたしますね」

春玲の言葉に、湖月は小さく頷き目を合わせた。

風が吹き、長い黒髪が揺れる。

昼の光の下での湖月の姿に、春玲は胸が高鳴るのを感じた。

「さすがは郭諒修の孫だ。彼は優秀な宮廷医師だった。そして郭諒修の妻、春鳳は、不思議な力を持つ予知の巫女だったと、祖父はいつも言っていた。惜しい者を亡くしたとな」

春鳳の名前が出て、春玲ははっと息を呑む。

そして、彼は当たり前のように尋ねてきた。

「お前も、未来が読めるのか」

湖月はその切れ長の目で春玲を見つめる。

長年ひた隠しにしてきた自分の不眠を、来たばかりの後宮の女が分かるわけがないと思ったのだろう。きっと不思議な力を使ったに違いない、と。

彼には、その場しのぎの嘘など通用しないことはすぐに分かった。

「……読めるようになったのは、つい最近です。後宮入りした日に、春凰香炉に触れたら、力が目覚めたようです」

春玲は素直に、起きた出来事を伝えた。

「そうか」

湖月は一言だけ答える。驚きも疑いもせず納得したようだった。

「し、信じていただけるのですか……?」

自分でもいまだに半信半疑の、不可思議な力だというのに。

「ここは魔の住まう後宮だ。そのような力を使える者がいてもおかしくはあるまい」

湖月は飄々(ひょうひょう)と、当たり前だというような口ぶりだ。

「私の寝所での姿を勝手に盗み見るなど、不届き者だがな」

憮然(ぶぜん)と言い放つが、それは湖月なりの冗談だと言うことが分かった。

春玲は思わず声を上げて笑ってしまう。

「ふふ、申し訳ございません、湖月皇子」

二人の間に柔らかな空気が流れる。

「皇子が庭の手入れをされているなんて意外でした。草花がお好きなのですね」

春玲が周りの庭木の話題を切り出すと、湖月は腰で腕を組み、同意する。

「花は喋らないからな。次期皇帝、早く世継ぎを、と言われず済む」

うんざりしていると、ため息交じりに話す湖月。

その言葉の端に、重臣や他の皇族からの圧力に悩まされているのを感じた。

花を愛でている間が、唯一彼の心休まる時間なのかもしれない。

「上の皇子様が二人もいらっしゃるのに、なぜ湖月様が次期皇帝と呼ばれているのですか」

春玲はずっと気になっていたことを尋ねた。

皇位継承権は、基本的には長兄から順のはずだ。

よっぽどの凡愚や病弱ならば別だが、聡明な二人の兄がそうとは思えない。

湖月は春玲のもっともな問いに、淡々と答える。

「詩劉兄上は、幼い頃から仲のよかった妻を深く愛していたが、妻は子を産む前に若くして病死してしまった。その妃以外の者と今後婚姻する気はなく、子は作らぬという。次期皇帝が正式に決まれば、出家をして一生妻を弔うそうだ」

穏やかで優しい詩劉第一皇子。

何人もの側室を囲っても構わない立場だというのに、一人の妻を生涯愛し抜くというのは、彼らしいかもしれない。

世継ぎを作る気も、政に関わるつもりもないと、出家するのであろう。

「では、翔耀様は」

「翔耀兄上は男色だ」

「だん――」

あまりの驚きに思わず声が出てしまった。

春玲は慌てて口をつぐみ、目を見開く。

「側近の宦官と恋仲だ。だから世継ぎは作れず、皇帝にはなれぬ」

湖月の言葉には反論のしようがなかった。

「ご本人もそれでいいと言っている。無理に妻を迎えるのは信条に反するとな」

予想だにしない答えだったが、納得した。

翔耀が緊張し切った春玲に話を振ってくれたおかげで、お茶会も無事進行した。空気の読める、気の利く方は皇帝に向いていると思ったのだが。

穏やかで優しい第一皇子も、気さくで明るい第二皇子も、各々(おのおの)事情があって皇帝になる気はないらしい。

第三皇子でありながら、家臣や皇族、国中の重圧を一気に背負っている湖月の心労は、想像できない。

「私の母上に毒を盛り殺(あや)めたのは、詩劉兄上の母君だ。私の母上は皇帝の寵愛を最も受けていたし、これ以上男児を産まぬよう画策したのだろう」

池の橋の上で先日聞いた。皇后である湖月の母は、毒殺されたのだと。

まさか、その犯人が第一皇子である詩劉の母親だったとは。

実の息子を確実に次期皇帝にするための凶行だったのだろう。

「詩劉兄上に恨みはないが、兄上の妻が早くに死んだのも、因果応報だと思えてならない」

幼き日に、愛しの母親を、腹違いの兄の母親に奪われたのはどういう気持ちなのだろう。

湖月は目を細め、絶望から捻(ひね)り出すように、言葉を吐く。

「……魔の住まう宮廷だ。兄弟同士も争い、憎しみ合う。二人の心の底は私にも分からんが、きっと私と同じく、深く昏いものなのだろう」

顔も性格も似ていない、腹違いの三人の皇子。

なんの因果か、継承権を争い命の奪い合いをする気はないようだが、各々を取り巻く運命から逃れられず苦しんでいるのかもしれない。

母を殺され、様々な女から婚姻を迫られる故に女嫌いの湖月。

そして第三皇子なのに全ての期待と重圧を背負い込むが故に、不機嫌だ。

不名誉な噂を立てられているが、湖月皇子こそが、宮廷で一番純粋な男なのかもしれない。

「では、その心の内を私に話してください」

悪夢にうなされ、体だけでなく心まで冷え切った皇子に、そっと語りかける。

「聞くことぐらいしかできませんが、少し心が軽くなるかもしれません」

その心を、救ってあげたいと春玲は思った。

恐れ多い考えだろうが、自分にできることは彼の話を聞いてあげることなのだと。

湖月は、春玲の真意を探ろうとしてか、じっと見つめてきた。

陽の光に照らされた皇子の瞳は、黒曜石のように黒く輝いている。

春玲の言葉に含みも他意もないと察したらしく、薄い唇を開く。

「ならば今度はお前の家の蜜柑でも食いながら、話すか」

湖月の言葉に、春玲が微笑み頷く。

今度両親に蜜柑を送るように伝えておきます、と言って、気がついた。

「甘いもの、苦手なのでは？」

つい先ほど、お菓子を食べずに下げていたはずだ。

「はは、そうであったな」

おそらく、毒味をしていないものを食べない言い訳に使ったのだろう。

春玲の問いかけに、湖月が初めて、声を上げて笑った。

不機嫌な皇子が皇位も身分も関係なく、ただの青年として、とてもおかしそうに。


湖月と春玲の二人が席に戻ってきた時には、すでに日は傾いていた。

薄闇が下りて肌寒くなってきたので、慰労会という名のお茶会はお開きとなる。

詩劉と翔耀は優雅に席を立ち、楽しい時間を過ごせたと礼を言い、各々の私邸へ戻っていった。

しかし湖月はすぐには戻らず、春玲に向かって淡々と告げる。

「足元が暗いだろう。部屋まで送る」

「そんな、申し訳ないです」

「構わん」

春玲の遠慮する言葉には取り合わず、湖月は春玲の部屋がある方向へと歩き出してしまった。

明杏と飛藍は、春玲が特別扱いされている様子に内心穏やかではないが、各自部屋に戻った。

「今日はお呼びいただきありがとうございました。とても楽しかったです」

春玲が石畳を歩きながら、隣にいる湖月に感謝を述べる。

辺りに人影はなかったが、二人並んで歩く姿を見られたら、よからぬ噂話を立てられそうで、春玲は落ち着かなかった。

「そうか」

湖月は腰で手を組み、ゆっくりと歩を進める。

緊張したが、自分の医院の話も興味深そうに聞いてもらえたし、奥の庭では、湖月の心の内を明かしてくれた。

誰でも聞けるわけではない、湖月の苦悩を少し分かち合えた気がした。

春玲の部屋のある、紅玉殿(こうぎょくでん)の入り口に辿り着いた。

「ここで、大丈夫です」

一番奥の部屋が春玲の自室なのだが、そこまでわざわざ皇子に送らせるわけにはいかない。

「薬がなくなりましたら、すぐに作ってお持ちします。側近の方にお渡しすればよいですか?」

その言葉に、湖月は黒髪を夜風になびかせて、春玲をじっと見つめた。

父からもらった薬箱の中に、材料はまだある。

また眠れぬ夜を過ごさぬように、渡した分がなくなったらすぐに届けたかった。

しかし湖月は、その言葉に首を横に振る。

「いや」

高い背を屈(かが)めて、春玲の瞳を真っ直ぐに見つめる。

「私が呼んだらすぐに来い。よいな」

第三皇子であり、次期皇帝である湖月の言葉に、拒否権はない。

宮の入り口の壁に背をつけながら、春玲は顔の近さに視線を泳がせ、

「承知いたしました、皇子様」

と頭を下げた。

側近に薬を渡したら、不眠の件が周知の事実になってしまうからだろうか。

第三者を介さずに受け取りたいのだろう、と春玲は納得した。

湖月の本心には、全く気がつかない。

「皇子は三人いる。湖月でよい」

名前で呼べという湖月に、恐れ多いと思いながらも春玲は従う。

「ええと、はい、湖月様」

名前を呼ばれて満足したのか、湖月は姿勢を直した。

月の光を背後から受ける彼の表情は、よく見えない。

「――では」

いつも冷たい瞳が、わずかに柔らかくなっているように感じた。

一人の妃嬪を、皇子自ら部屋の前まで送り、紺色の衣を翻し去っていった。

春玲は無意識のうちに息を止めていたことに気がつき、大きく空気を吸った。

あまりにも高貴で、身分違いの存在。

言葉を交わすこと自体が平民出身の春玲には考えられなかったのだが、少しだけ、心を許してくれたように思えた。

湖月の背中が見えなくなるまで見送った後、春玲は部屋へと戻るため歩き出す。

なんだか夢のような時間だった。美味しいお茶をいただき、綺麗な草花を見て、皇子とたくさん話したのだから。

現実味のない出来事に、ふわふわと地に足がつかない気分だ。

すると、自室の扉の前に人が立っていることに気がついた。

「飛藍様？」

お茶会を共にした飛藍だ。

綺麗に全身着飾った女の姿のまま、手持ち無沙汰に立ちすくんでいたが、春玲の姿を確認すると、開口一番聞いてきた。

「皇子と、何を話していたの？」

いつも明るい彼が、なんだか機嫌が悪そうなことに気がついた。

湖月と二人で庭の奥で話し込み、席に残したままだったことを怒っているのだろうか。

「ええと……」

湖月が不眠で悩んでいるため、薬を渡したこと。

母君が毒殺された故に、女を信じられないこと。

このことは、湖月が打ち明けてくれた秘密だ。

湖月の許可なしに他言することはできないと思い、春玲は言葉を濁す。

「翔耀皇子は、男色なんだとか」

しまった。確かに驚いたことだったが、今ここでするべき話ではなかった。

「へえ。一番女好きそうなのに意外」

春玲が焦っていると、飛藍は少しも意外そうな顔をせずに相槌を打った。

湖月に嫉妬をしている彼の心に気がつかない春玲は、当たり障りのないことを言い続ける。

「あとは、お庭の花が綺麗、という話とかですかね」

なんで怒っているのだろう。自分も皇子と話したのかったのかな。

それとも待ちくたびれたことを咎めているのか、などと皆目見当違いのことを考えていた。

飛藍はそんな春玲の様子を見て、無理やり笑顔を作る。

「そっか。有意義な時間だったね。疲れてると思うからゆっくり休んで」

いつもの明るい調子に戻り、肩を叩いてきたので、安心した。

「飛藍様もお体に気をつけて」

春玲はそう声をかけ、会釈をすると扉を開け自室へと入った。

＊　＊　＊

自らも部屋に戻った飛藍は、奥歯を噛み締めた。

「あーもう、彼女に八つ当たりしてどうするんだよ」

皇子への嫉妬を、春玲にぶつけてしまった。

頭の上に疑問符を浮かべ、少し怯えていた春玲の顔を思い出し、そんな思いをさせてしまった自分自身に苛立つ。

丁寧に結った髪の毛を解き、悔し紛れに掻きむしる。

「おかえりなさいませ、飛藍様。楽しゅうございましたか？」

「ぜんっぜん楽しくなかった」

縫い物をしていた侍女の香南の声に、ぶっきらぼうに返す。

布で乱暴に顔を拭き化粧を落とし、高い衣を脱ぎ捨て椅子の背に投げた。

「あらあら」

水で顔を洗ってくださいい、肌が荒れますわよ、という香南の声に口を尖らせ、椅子へと座り腕を組む飛藍。

「皇子と春玲、二人で楽しそうにずっと話してたよ」

会話の内容までは聞こえなかったが、奥の庭で、花を愛でながら話していた二人の後ろ姿を思い出す。

明らかに、湖月は春玲だけを特別扱いしていたし、女嫌いで有名な不機嫌な皇子らしからぬ態度に、焦りを感じる。

寵妃として愛でられ、彼が皇帝になった暁には皇后として迎えられる未来が待っているのだろうか。

「はたから見ると、皇子を取り合って、飛藍様と春玲様が争っているようですわねぇ」

「……面白がってるだろ」

確かにその通りだ。自分は女の格好をしていて、湖月皇子の妃嬪（ひひん）なのである。

「外見ばかり派手な女性ではなく、心根の優しい春玲殿を選ばれるだなんて、湖月皇子も見る目があるではないですか」

香南の言葉はもっともである。

後宮生活の長い飛藍は、他の妃嬪（ひひん）たちの打算まみれの性格をよく知っていた。

何が皇子の心を動かしたのかは飛藍には分からなかったが、春玲を気にする皇子は、きちんと人の本質を見ているのかもしれない。

でも、じゃあどうぞお二人お幸せに、と引き下がれるほど従順でもない。

二人で宮廷を抜け出して、馬で遠乗りをした。

きらきら輝く海を見つめて笑い合った。

一族に伝わる首飾りを捧げた女の子を、簡単に諦めることはできない。

「飛藍様は、武術と楽器も得意で、見目も麗しいですが、女性の扱いがてんで下手くそですよね」

いなすような香南の言葉に、飛藍は机に顔を突っ伏して悶えていた。

女の姿をして、後宮の華としてうまく宮廷での生活をこなしていた自分が、好きな子ができたせいでこうも心掻き乱されるなど、予想外だった。

故郷では、自分と婚姻したいという若い女は山ほどいた。

でも、ここではたった一つの恋でさえ、思うようにいかない。

「……どうすればいいと思う?」

正々堂々と男として、湖月皇子に宣戦布告したいところだが。

性別を偽り後宮入りした自分は、争う以前に牢獄行きだ。

同郷で馴染みの香南に、藁にも縋る思いで問う。

「完璧な人間などおりません。大いに悩んでくださいませ」

恋に悩む飛藍皇子を微笑ましく見つめながら、香南は縫い物の針を進めた。

第四章　湖月の心の内

そして、飛藍の嫌な予感は的中する。

「春玲、前へ」

宦官の声に、呼ばれた春玲が背筋を伸ばす。

朝儀のため、妃嬪たちが広場に並び、前に立つ宦官が巻物に書かれた連絡事項を読み上げるのを聞いていた。

湖月皇子は朝から隣国の使者との協議があるらしく、中心に置かれた玉座は主が不在である。

最後に、春玲の名前が呼ばれたので、本人は驚きながら前へ歩み出た。

宦官が小声で春玲に、何かを耳打ちしている。

「よいな、では戻れ」

春玲にだけ聞こえるように何かを伝え、宦官は元の場所に戻るよう促す。

しかしその後の春玲は明らかに挙動不審で、視線を泳がせていたり、頬を赤く染めたと思ったら、顔を青くしたりと忙しない。

朝儀が終わり、大勢の妃嬪たち訝しげな視線を避けるように、春玲はふらふらとした足取りで自室へと戻っていった。

「春玲、入ってもいい？」

碧色の衣を着て、翡翠の髪飾りをつけた飛藍は、その足で春玲の部屋へと向かった。

そっと扉を開けると、椅子に座り、隣にいる侍女の琳々に励まされている春玲の姿が見えた。

「よかったではないですか、春玲様！　自信を持ってください」

「どど、どうしよう……」

春玲の背中をさすりながら、琳々は微笑んでいる。

「わたくしは誇り高いです。お仕えするご主人様が今宵、皇子様の部屋に招かれるだなんて！」

琳々の言葉に、飛藍は後頭部を殴られたかのような衝撃に襲われた。

涙目の春玲は、部屋に入ってきた飛藍を見上げ会釈をすると、弱音を吐いた。

「まさかこんなことになるなんて。どうすればいいか分からない……」

「可愛らしく、いつも通りの春玲様でいればいいのですよ」

春玲の動揺を抑えるように、琳々は再び背中をさすりつつ微笑む。

飛藍は思う。

自分がただの春玲の友達ならば、琳々と同じことを言って励ますだろうに。

湖月皇子自ら、後宮の妃嬪を自分の部屋に招くのは、知る限り初めてだ。

いわゆる『脈有り』なのは、一目瞭然。

まずい。

皇子は、本気だ。

本気で春玲を、名実共に自分の妃にしようとしている。

飛藍は下唇を噛み締め、この宮廷の中では、次期皇帝という圧倒的な地位と発言力を持つ相手に、対抗できないことを悔やんでいた。

「……凄いね、皇子に見初められるなんて」

心とは裏腹の言葉が出た。

こんなことが言いたいわけではないのに。

首飾りを送るほど恋しい相手を、みすみす皇子の元へと送り出してよいのだろうか？

琳々も飛藍の言葉に頷き、手を打つと立ち上がる。

「湯を沸かしますね。床入り前の女性は、体を清めなければなりませんよ」

「と、床入り……」

その言葉に春玲は顔をこわばらせる。

夜に皇帝の部屋に招かれたということは、そういうことだ。

床入りをし、世継ぎを作るという意味なのは暗黙の了解である。

目の前に急に突き出された事実に頭が追いつかないのか、戸惑っている春玲に飛藍はそっと寄り添い、顔を覗き込む。

「春玲は、どうしたいんだ？　皇子の妃になりたいのか？」

彼女が本気で湖月を求めているのならば、自分に止める資格はない。

その時はこの恋は諦めようと、飛藍は唾を飲み込み春玲の言葉を待つ。

「……湖月皇子は、寂しさを抱えた不器用な方です。皆が言うほど、悪い方ではない」

春玲は、夜の庭園で、池の橋の上で、お茶会の席で会った湖月を思い出す。

幼い頃から、皇子として生まれたことに絶望している。

ぶっきらぼうで、冷たく見える。

けれど嘘はつかず、信念のある真っ直ぐな人だと思った。

「ですが、まだ、一緒になる覚悟はないです」

春玲の素直な感情であった。

ゆっくりと彼の心の傷を治してあげたい。少しずつ、笑顔を増やしてあげたい。

ただ、夜伽を命じられ、強制的に結ばれるのは嫌だった。

「そうか、分かった」

飛藍は春玲の言葉を受け止め、そっと彼女の手を握った。

「じゃあ協力するよ。この『後宮の華』が、皇子様をご満足させてみせる」

そう言って、驚く春玲に、実に鮮やかな顔で笑いかけた。

「一体どういう意味ですか？」

侍女の琳々に会話が聞こえぬよう隣の部屋に移動し、春玲は声をひそめ飛藍に問いかける。

飛藍は肩をすくめながら、おどけるように答えた。

「俺が、春玲の代わりに湖月皇子の部屋に行くよ」

「ええ！　そんなことしたら……」

驚いて声を上げる春玲。

確かに、後宮の華と名高い飛藍の方が、自分よりも皇子の相手には相応しいと思うけれど。

美しい見た目だが、正真正銘の男である。

正体がばれたら、罰を与えられるに違いない。

「うん。だから俺の正体がばれないようにするんだ。俺の部屋に高価な酒がある。それを貢物として持っていって、一緒に飲む。たくさん飲ませて酩酊状態にさせてしまえば、床入りせずに朝を迎えられるって寸法さ」

人差し指を立て、飛藍は自分の考えた作戦を得意げに伝える。

酒に強い飛藍は、湖月よりも先に酔い潰れない自信があった。

春玲がその様子を想像し、作戦の穴を指摘した。

「湖月皇子がお酒に強くて、酔わなかったらどうします？」

その言葉に、飛藍が顎に手を置き思案する。

「俺より強いやつはなかなかいないけどな……そうだ、じゃあ念のため、春玲が作った薬を酒に混ぜよう。この前お父さんにもらった薬草で、睡眠薬とか作れないかい？」

名案だ、と言わんばかりに飛藍が手を打つ。

不眠に悩んでいた湖月のために、薬を作り渡していた春玲は、今まさに安眠を促す粉薬を持っていた。

そして、実際にその薬を飲んだ湖月は数年ぶりによく眠れたと言っていたので、彼の体に効くことは彼自身が証明済みである。

しかし、曲がりなりにも自分は医者の娘だ。

相手の承諾を得ずに、薬を混ぜた酒を飲ませるなんて、やってはいけないことである。

それではまるで、幼い湖月を悩ませ苦しませた、彼の母親を毒殺したやり方と同じではないか。

「それは、できません」

春玲は首を横に振り、飛藍の提案を断る。

「湖月皇子を騙すようなことは……」

　そう言って目を瞑るが、他のやり方は思いつかない。

　悩む春玲の肩にそっと手を置き、飛藍は諭すように見つめる。

「君を守りたい。でもこの狭い後宮の中で、俺が春玲を守れる方法は限られている」

　曇りのない真っ直ぐな瞳。

　化粧をした飛藍は、男ならば誰もが求婚したいと願うだろう、洗練された美しさだ。

　しかしその心は、大切な人を守りたいという、一本気な男の精神を持っていた。

「それができないなら、春玲が部屋に行き皇子と床入りをするか、代わりに行った俺が男だとばれて罰されて、下手したら処刑されるか。どっちか選んでくれ」

　選択し難い、辛い選択であった。

　だが、大切な友人の命より大事なものなどない。

　春玲は側にある卓に置いてある薬の包みに目線を向ける。

　いつかまた湖月に二人で会った時に渡そうと、作っておいた薬だ。

　自分の保身と、友人の安否と、罪悪感と、良心の呵責と。

　様々な感情が入り混じり胸が苦しくなってしまった春玲の頭を、飛藍は優しく撫でた。

そして春玲の視線の先に置いたあった薬を指でつまむ。

「大丈夫。湖月皇子には美女と楽しく酒を飲んで、少し眠ってもらうだけだ」

自らを美女と言い切り、薬の包みを持った飛藍は紅を塗った形のいい唇の端を上げた。

＊　＊　＊

月の綺麗な夜であった。

夕餉（ゆうげ）が終わり、とっぷりと日が暮れた時刻、飛藍は皇族たちの住む翠玉殿（すいぎょくでん）の回廊を歩いていた。

朝儀で春玲に皇子の部屋に行くよう伝えた宦官（かんがん）には、飛藍が春玲の体調不良を理由に、交代を進言した。

後宮入りしたばかりの新人の春玲より、何かと目立つ飛藍の方が皇子の相手には相応（ふさわ）しいと思ったのか、宦官（かんがん）は深くは聞かず了承した。

髪を結った上に束髪冠(そくはつかん)を置き、宝石で飾られたかんざしで固定する。金珠玉の耳飾りをつけ、香を襟元に焚(た)きつけ、美しく着飾った飛藍。

皇子の部屋に行く前に、刀剣の類(たぐい)は持っていないかなどの確認を女官にされて少し焦ったが、衣の上から軽く触られただけで、ことなきを得た。

皇子と一緒に飲みたいと、酒の瓶を持参していたので、毒見係の側近が蓋を開け一口飲む。

味を確認すると、問題ないと返された。

春玲にもらった睡眠薬を入れてはいたが、毒と違い即効性ではないので怪しまれなかったようだ。

数刻すれば側近はどこかで居眠りをし、怒られるだろうと同情した。

そうして、飛藍は湖月皇子の部屋の扉の前へ立ち、深く息を吸う。

黒塗りの扉には、皇族の部屋を意味する金の龍の紋様が描かれていた。

大丈夫だ、俺ならやれる。

俺なりのやり方で、憎き恋敵から春玲を離すには、これしかない。

「失礼いたします」

部屋の中に聞こえるように、飛藍が声をかける。

数秒後、低い声が返事をした。

「入れ」

近衛兵が配備された重厚な扉を開き、飛藍は皇子の部屋へと一歩足を踏み入れた。

天井は高く、白い壁に広い室内。

床は大理石で、上等な絨毯が敷かれ、獣の剥製や、歴代の皇帝の絵画が壁にかけられている。

皇族なので当たり前だが、自分の部屋との差に目を見張る。

部屋の奥、机に肘をついた湖月が手元の書簡に目を落としていた。

朝儀の際など、大勢の前に立つ時に着ている、金色の糸で龍や家紋が刺繍された衣ではなく、白い簡素な部屋着を身に纏い、琥珀（こはく）の冠を載せている髪は下ろされていた。

お付きの者や血縁者しか見ることができないだろう、湖月の姿である。

書簡を読み終わったのか、机に置き、そこでやっと湖月は視線を上げた。

簡素な服の湖月とは対照的に、着飾った飛藍と目が合う。

「そなたを呼んだ覚えはないが」

取り付く島もないような、冷たい声だった。

切れ長の目をより一層細め、湖月は怪訝そうな表情をする。

飛藍はめげずに、体の前で手を揃え、ゆっくりと礼をした。

「春玲が体調不良のため、今宵は私、飛藍が湖月皇子のお相手をいたします」

そう言って顔を上げると、

「……春玲は、大丈夫なのか」

まだ怪訝な顔をしつつも、驚いたのか湖月が尋ねてきた。

どうやら春玲の心配をしているように見える。

血も涙もない、不機嫌な皇子の意外にも人間らしい反応に、飛藍は意外の念を抱く。

思いつく限り、体調不良が一番いい言い訳だと、用意した台詞を述べる。

「ゆっくり寝れば治る程度のものです。大事を取らせ休ませましたが、ご心配なく」

優雅にもう一礼し飛藍が告げると、湖月は安心したのかほっと息をついた。

そしてその数秒後には、能面のような無表情に切り替わる。

「そうか。ならば、そなたは下がれ」

書簡を手に持ち立ち上がり、部屋の隅にある棚に戻している。

飛藍には背を向け、もう話すことはないと拒絶を体で表していた。

そっと湖月に近づき、持っていた酒を差し出しながら、飛藍は優しい声色で話す。

「よろしければ、私と一杯いかがですか?」

背の高い湖月が、飛藍が手に持つ酒と飛藍の顔を交互に見る。

「いらん」

ため息交じりに断った。

側にある茶卓の椅子に座りそっぽを向く湖月だったが、負けずに飛藍も隣の席へと座り、持っていた酒と器を二つ置く。

蓋を開け、とくとくと酒を器に注いだ。

「そうおっしゃらず、日頃お疲れの湖月様を癒したいのでございます。ぜひに」

まるで安い色仕掛けだ、と飛藍は内心悪態をつきながら、顔には一切出さずに優雅に微笑む。

女の格好はしているが、生粋(きっすい)の男である自分が色目を使わねばいけない状況に嫌気が差しているけれど、春玲の未来と自分の生死がかかっているため、必死である。

酒を注いだ器を持ち、乾杯しましょうと促す飛藍。

湖月は心底嫌そうに眉をひそめて、美しく着飾った飛藍に吐き捨てるように言う。

「私は下戸だ。酒は飲めん」

一切口をつけず、器を遠ざけた。

飲んだふりだけしようと、唇に器を添えていた飛藍は思わずむせてしまった。

「げほ、申し訳ございません」

口に手を当て、飛藍が慌てて謝る。

下戸だという可能性を全く考えていなかった。

地位も名誉も持っている珠瑞国の皇族は、毎日高い酒を飲んでいるだろうという偏見を持っていたからだ。

瞬間、冷や汗が背中に噴き出る。

酩酊させ朝を迎えさせる作戦だったが、下戸では話にならない。

寝る前なのだろう、簡素な白い衣を着た湖月を前に、このまま無理に追い出されたり床入りを命じられたりしたらどうしようか、という思いが飛藍の頭を駆け巡った。

どんなに美しく着飾っても、近衛兵に体を触られるか、閨(ねや)で着物を脱がされるかしたら男だとばれてしまう。

そうなる前に湖月の首を絞めるか、頭に衝撃を与え気絶させるしかないか。

しかし皇子の命を狙う謀反人だと、入り口にいた護衛の者に羽交締めにされてしまうだろう。

物騒な考えが脳裏をよぎる。

張り詰めた笑みを浮かべている飛藍の横で、湖月はため息をついていた。

「高価な酒なのですが、一口だけでもいかがですか」

飛藍は食い下がり、しつこく酒を勧めるが、湖月は首を横に振る。

「いらんと言っている」

「次期皇帝が、酒も飲めぬなど」

苛立って思わず出てしまった言葉に、飛藍が慌てて口をつぐんだ。

湖月は長い黒髪を耳にかけ、隣に座る飛藍を頭の上から爪先まで睨みつけた。

「……私をおちょくるなよ、後宮の華。お前のような派手な女は、そもそも嫌いだ」

噂されている二つ名は、湖月の耳にも入っていたらしい。

後宮の華と呼ばれ、美しく着飾っても、不機嫌な皇子のご機嫌は取れないようだ。

こうなったら、やけくそだ。

「そう、気が合いますね。私も皇子のような根暗な男は、性に合いません」

こいつとは床入りをしたくないと思われるほど嫌われてやろうと、飛藍はつっけんどんに暴言を吐く。

次期皇帝に対する口の利き方とは到底思えない言い方で、そっぽを向く。

部屋から追い出してくれた方がましだと腹をくくった。

しかし、怒り狂うか、冷たく突き放されるかと思っていたが、湖月は驚き、飛藍の目を見つめた後、実におかしそうに声を上げて笑った。

初めて見た湖月の笑みに、飛藍も面食らう。

「ふふ、根暗な男、か。確かにそうだな。朗らかな詩劉兄上や翔耀兄上が皇帝になればどれほどいいかと、私自身が心の底から思うのだから」

喉の奥を鳴らしながら、湖月が自嘲気味に告げる。

第三皇子である自分が、全ての責任を負い皇帝になる運命を嘆いているかのように。

「面白い本音が聞けた。後宮の女が皆、皇子を好いているというのは、私の思い上がりだったな」

腕を組み、目の前の妃嬪の言葉を噛み締めるように頷いている湖月。

皇子の妃となり、富も名誉も得たいと思っている者がほとんどだが、中には断り切れず後宮入りした者もいるのは確かだ。

実家の医院を救うために来た春玲と、双子の妹の代わりに来た飛藍はまさにそうだ。

予想だにしない答えに笑いが込み上げてきたのか、湖月は唇の端を上げる。

飛藍は、不機嫌な皇子の名の通り、湖月を傍若無人で傲慢な男だと思っていたので、その態度に驚いた。

愉快そうに笑う湖月と、驚いて目を丸くした飛藍の視線が合う。

「……ご無礼を、申し上げました」

「ふふ、構わん」

しおらしく頭を下げた飛藍を、湖月は片手を上げ制した。

広い部屋に、二人きり。円卓に並び椅子に腰掛けている。

「そなたは、春玲とは仲がよいようだな」

部屋を追い出されるでも、床入りを強制されるでもなく、湖月は飛藍に語りかけてきた。

「ええ、よく話します。今日は春玲に相談を持ちかけられたので、私が代わりに参りました」

酒に薬を盛り、眠らせようと画策したとまでは口が裂けても言えないが。

湖月は春玲の気持ちを推し量っているのか、唇を結んだ。

思案した後、口を開く。

「宮廷内で痛めつけられている者を、そなたが助けているのを何度も見聞きした」

湖月は机に置かれていた茶器に唇を添えながら、そっと語った。

え、と思わず飛藍が声が上げる。

女同士の足の引っ張り合いが常の後宮だ。

飛藍は、春玲以外でも嫌がらせをされている人を目にしたら、それとなく手を貸していた。

醜い争いは馬鹿馬鹿しいと思うし、陰湿なものも多く、見て見ぬ振りはできなかったから。

しかし助けた相手に恩を売ったつもりはないし、気にしなくていいと伝えてきた。

だというのに、まさか皇子にまで話が届いているとは。

「後宮の華と持て囃(はや)されても、驕(おご)らない」

蝋燭の炎が薄暗い部屋を照らす。

湖月は、茶器を置き、呆気に取られている飛藍を褒め称えた。

「魔の住まう後宮で、他人を思いやれる者は多くはない。己を誇るがよい」

湖月はひたと飛藍の瞳を見つめ、その高潔な精神を称賛した。

他人を蹴落とし、未来の皇后の座を奪い合う。

そんな女たちの水面下での争いを、嫌というほど見てきた湖月だからこそ出た言葉であった。

真っ直ぐな賞賛に、飛藍は自分の胸が熱くなるのを感じた。

誰も気がつかない、気がつかなくてもいいと思っていた行動に、注目してもらえたのが嬉しかった。

「ありがとうございます」

恋敵である不機嫌な皇子の言葉に、素直に返答する。

憎き恋敵だということを忘れ、飛藍は感謝を述べた。

横にいる、不機嫌な皇子と呼ばれている男が、妃嬪の一人一人の行動もちゃんと見ている、聖君なのではないかと思い始めていた。

二人の間に、意図せず柔らかな空気が流れる。

「湖月皇子は、春玲のことが好きなんですか？　よろしければ、理由を教えていただきたいです」

飛藍は、湖月に問いかける。

それは、後宮の華としてではなく、一人の男として、なぜ彼女を選んだのかという純粋な疑問だった。

世継ぎも作らぬ、不機嫌な皇子と下々の者に侮蔑を込めて呼ばれていた湖月が、初めて部屋に招いた女性が春玲だ。

彼女の何が、彼を惹きつけたのだろうか。

余計なお世話だとか、踏み込みすぎだ、と一蹴されるかと思ったのだが。

湖月はその問いに目を伏せ、ゆっくり唇を開いた。

「私は」

何かを想うように、間を置いて、言葉を紡ぐ。

「私はまだ、この気持ちに名前をつけられずにいる」

通った鼻筋に、美しい黒目。高貴な空気を身に纏う、清廉な皇子。

その青年が語る、深く昏い心の内。

一国を背負う彼の一言は、重い。

「恋慕なのか、愛情なのか、執着なのか、独占欲なのか、嫉妬なのか、分からぬ。今まで、感じたことがなかったから」

この宮廷を箱庭と称して絶望していた、そんな皇子が初めて抱いた感情。

「彼女のことを思い出す時。夜眠る前に、大切なものをしまった宝箱を、そっと開くような気持ちになる」

切れ長の黒目を伏せたまま、穏やかな声色で語る湖月。

彼女のことを思い出すかのように。

「……誰もいない夜に、想う。今日は何をしたのか、今どんな夢を見ているか、と」

皇子故に、簡単に二人で会うことはできない。

だからこそ、会えない時間に相手を想う。

湖月が、深く昏い心の内を明かしてくれた春玲を想うのに、理由などいらなかった。

冷たい指先を温めて、悪夢の連鎖を断ち切ってくれた少女を、求めずにはいられない。

飛藍は、春玲と馬で駆けたあの日、このまま二人でどこか遠くへ行きたいと思った。

きらめく海の前ではしゃぐ彼女を抱き締めて、この手で守ると誓った。

湖月の春玲への気持ちは、飛藍のように熱く燃える情熱的なものとは違う。

彼の名前の通り、静かで澄んだ想い。

会えないからこそ、しんしんと降り積もる感情を抱えているのではないか。

憎い恋敵としてではなく、同じ少女に恋焦がれる男として、そのせつない気持ちに共感している自分に、飛藍は驚いた。

胸に熱いものが込み上げた飛藍は、机の上の器を持ち、言葉にできない想いごと一気に飲み干す。

負けたくはない。

湖月の本心が聞けたからこそ、より一層飛藍はそう思った。

しかし、そこでふと気がつく。

しまった。

湖月は茶を飲んでいたが、自分の手元にあったのは、持参した酒だ。

そしてこの酒は、睡眠薬入りだった。

慌てて喉を押さえても、飲んでしまったものは元には戻らない。

湖月を眠らせ、床入りを阻止するための酒。

男である正体が明かされぬように画策したのに、まさか自分で飲み干してしまうとは。

即効性はないはずだが、緊張と空腹のせいで薬の効きが早い。

徐々に重くなってきた瞼を擦ると、指先に白粉(おしろい)がついた。

化粧を落とすわけにはいかないので、眉間に力を込め、飛藍は襲いくる睡魔に必死に耐える。

「……湖月皇子は、春玲を妃にしたいのですか」

話をしていた方が気が紛れ、まだましだと、飛藍は湖月に問いかけた。

遠い星を見るような目で、湖月は虚空を見つめる。

「側にいられればよい。ただそのためには、妃に選ばねばならない」

普通の男は、側にいて心地よい相手を妻に選ぶのだろうが、皇子は、妃にしないと側にいることもできない。

皇子だからこそ歪(いびつ)な恋しかできない。そんな葛藤が言葉の端から読み取れた。

飛藍は眠気覚ましのため、机の下で自分の手の甲をつねる。

「皇子としての鎧を脱がなければ、彼女は本当の意味で心を開きはしないよ」

そう言うと、隣の切れ長の黒目がこちらを向いた。

春玲は、まだ皇子と一緒になる覚悟はないと言っていた。

どんなに想いを寄せていようが、皇子だから会えないとか、皇子だから妃になれとか、そんな小手先の言葉じゃ彼女には響かないだろう。

いや違う、こんなことが言いたいわけではない。

皇子の恋愛相談に俺が乗ってやる筋合いなどない。

俺だって彼女が好きだ。第三皇子がなんだ、李瑠族の皇子である俺が、春玲を守る。

様々な思いがぐるぐると頭を駆け巡るが、酔いと眠気で考えがまとまらない。

「誰にも……渡したく……ない」

くぐもる声で呟くと、飛藍は額を押さえて机に肘をついた。

「おい、飲みすぎではないか」

湖月の声を頭の端で感じながら、飛藍はそのまま机に頭を突っ伏した。

だらんと、力の抜けた腕が落ちる。

何事か、と湖月が驚くが、飛藍は目を瞑り気持ちよさそうに寝息を立てている。

空いた酒の器を見て、湖月はため息をつく。

共に酒を酌み交わそうと、友人の代わりに部屋へ来た妃嬪が、皇子を差し置いて眠りこけるとは。

後宮の華と呼ばれし美しい飛藍の腕を持ち、体を支えて運び、寝所に寝かせる。

なぜこのような派手な出で立ちの女が春玲と親しいのか疑問だったが、皇子にも忖度をしない真っ直ぐな性根が、彼女とも合うのだろうと湖月は一人納得した。

化粧も落とさず赤ら顔で横たわる飛藍を眺め、部屋の戸を閉じる。


湖月は腕を組み、窓の外の光る月を眺める。

『では、その心の内を私に話してください』

『聞くことぐらいしかできませんが、少し心が軽くなるかもしれません』

花の香りと、陽の光に照らされた無邪気な笑顔を思い出す。

「……心の内を話せと言ったのは、そなたではないか」

取り留めのない話をして、言葉を交わしたかっただけだ。

今宵来なかった女のことを思い出し、湖月はそっと目を伏せた。

＊　＊　＊

小鳥のさえずりが聞こえ、陽の光が瞼の裏を照らす。

夜が空けて朝が来たのだと、飛藍は目をこすり、伸びをした。

喉が渇いたので水はないか、と半身を起こしたところで、自分が寝衣ではなく朱色の衣を着ていることに気がついた。

耳飾りが揺れる音が鼓膜をゆする。

昨夜のことを思い出し、はっと息を呑み飛び起きた。

皇子の部屋に来て眠ってしまったことに、さっと血の気が引く。

立ち上がり辺りを見回し、壁にかけられている鏡を覗き込んだ。

白粉や紅などの化粧は取れておらず、装飾品や服も全く乱れていないことを確認し、ほっと胸を撫で下ろす。

薬の入った酒を飲み、湖月より先に寝てしまったことは大失態だが、最悪の事態は免れたようだ。

髪を直しながら、恐る恐る扉を開け隣の部屋へと向かうと、すでに朝支度を整え、紺色の生地に金色の刺繍が施された衣を身に纏った湖月の姿があった。

「起きたか」

書簡に筆を走らせ、執務をしている湖月が視線を投げかけてくる。

「はい、その、昨晩は申し訳ありませんでした」

寝癖を直し髪を整えた飛藍が、冷や汗をかきつつ謝罪する。

「私、何か粗相（そそう）はしておりませんでしたか？」

まさか湖月様、俺を抱いたりしてないよな？

とは口が裂けても聞けないため、紅を塗った唇を引き攣らせながら尋ねる。

「酒に呑まれ、眠りこけて、私に寝所へ運ばせたことを粗相（そそう）だと言わないのなら、特には」

ため息をつき、筆を置いた湖月が嫌味っぽく答える。

しかし飛藍の無礼を咎めるつもりも、男だと正体が暴かれた様子もなさそうだ。

「あはは……申し訳ございません」

飛藍は再び頭を下げ、手を合わせる。

筆を一日置き、湖月は、ふう、と息を吐いた。

「そなたから聞いたことは興味深かった」

湖月が憮然と言うが、昨晩の最後の方は酔いと眠気のせいで、何を話したか全く覚えていない。

「……私、なんて申しましたか？」

不安そうな飛藍に、覚えてないならばいいと、湖月はいつもの冷たい調子に戻る。

「隣国との協議や、宦官たちとの用事がある。そなたは早く帰れ」

朝から第三皇子は政事で忙しいようだ。

邪魔することはできないので、飛藍は側近が護衛をする入り口の扉へと向かう。

部屋を出る際、もう一度振り返る。

「またいつでも呼んでくださいませ、湖月皇子」

と飛藍が美しく微笑むと、

「二度と来るな」

鬱陶しそうに湖月に手で払われてしまったので、そそくさと退散した。

妃嬪たちが住む紅玉殿の後宮に戻ってきた。

飛藍が扉を開け自分の部屋へ入ると、侍女の香南が出迎えてくれた。

「お帰りなさいませ、飛藍様。ご無事で何より」

香南が指差した先には、椅子に座り、祈る体勢のまま固まっている春玲の姿が。

「朝早くからいらっしゃって、飛藍様のお戻りを待っておられましたのよ」

自分の代わりに皇子の部屋へと向かわせてしまい、心配だったのだろう。

春玲は飛藍の姿を確認すると、立ち上がり駆け寄ってきた。

「よかった……！　大丈夫でしたか？」

夜もろくに眠れなかったらしい。目の下に隈を作った春玲が泣きそうな顔で縋りついてきた。

その様子を見て、昨夜から張り詰めていた緊張の糸が解け、飛藍もほっと息をつく。

「はは。俺が生きているということは、正体はばれなかったということだよ」

香南から濡れた布を受け取り、顔を拭き化粧を落とす。

髪留めや装飾品を外し、女の衣を脱ぎ捨て、遊牧民の部屋着へと素早く着替え、男の素顔に戻った飛藍は伸びをした。

「待たせたね、心配かけてごめんよ」

椅子に座り、春玲の顔を覗き込む。

「何かあったらどうしようと、ずっと心配でした……」

春玲の不安だった気持ちを癒すように、飛藍はそっと髪を撫でる。

「これが困ったことに、湖月皇子は下戸でさ。酒を飲ますことはできなかったんだ」

酩酊させて朝まで眠らせてことなきを得るはずが、下戸のため一口も飲まなかった。

「そうだったんですね」

湖月を騙し、自分で作った薬を飲ますことが心苦しかったので、それを聞き春玲は胸を撫で下ろしていた。

「あら、それでよくご無事でしたね」

香南の意外そうな言葉に、飛藍が頷く。

「普通に喋って、眠くなったから寝たんだけど、特に手を出されはしなかったよ」

本当は、間違えて睡眠薬入りの酒を飲み、倒れ込むように眠ってしまったのだが。

春玲に聞かれたら恥ずかしいと、そんな失態は語らないでおく。

「湖月皇子は女を無理やり抱くような、野蛮な輩ではなかったことは分かった」

もし衣を脱がされていたら、男だとばれて大問題になっていたところだ。

朝儀で見る不機嫌な姿では、本当の性格など全く分からないので、一か八かだったがうまくいってよかったと飛藍は頷く。

「まあ、こんな美しい人が横で無防備に寝ているのに手を出さないなんて、皇子はただの不能なのかもしれないけどな」

「あら、飛藍様ったらお下品ですわ」

うふふ、と香南が笑うので、それに合わせて飛藍も膝を打って陽気に笑った。

春玲は呑気な二人を見て、安心しつつも呆れてため息をついた。


不安でろくに寝られなかったという春玲に、飛藍はゆっくり休んでねと声をかける。

春玲は礼を言いふらふらとした足取りで、自分の部屋へ戻っていった。

怒涛の一日だったな、と飛藍は肩の荷を下ろす。

「春玲様の床入りは阻止できましたし、よかったですわね」

飛藍の片想いを知っている香南は、万事解決だと拍手をした。

自尊心の高そうな湖月が、春玲の気持ちを鑑みず、何度もしつこく部屋へ招くのは考え辛いから、一応一件落着である。

「まあね。でも、まずいことになった」

何がですか、と不思議がる香南に続ける。

「皇子の春玲への気持ちは、本物かもしれない」

蝋燭の火に照らされ、目を伏せ静かに語る湖月の横顔を思い出す。

それは新たに芽生えた気持ちに心震わせている、恋する男の顔だったから。

彼にとって春玲は、他の後宮の女たちとは違う、特別な感情を抱く寵妃であることは間違いない。

飛藍は春玲の床入りを阻止できたことや、自分の身が無事だったことよりも、今後のことを案じて唇を噛み締めた。

厄介な男が恋敵だ、と。

＊　＊　＊

飛藍が心配で昨夜は一睡もできなかったため、部屋に戻った春玲は、泥のように眠ってしまった。

侍女の琳々が起きてこないのを心配して、様子を見に来たほどだ。

陽が傾いた夕方に起き、早めの夕餉を食べて、日課である薬作りをしていたらいつの間にか夜になっていた。

すりこぎで薬草を擂り、配合していく。

君を守れてよかった、と笑う男の姿の飛藍を思い出し、ふふ、と微笑む。

まるで子供か、元気な子犬みたいな無邪気さに、いつも助けられているのだ。

今宵は満月だからか、薬を作る手元が明るくて作業が捗る。

いつもはもう寝ている時間だが、今日は起きたのが遅かったため、もう少しだけやろうと粉薬を紙に包んでいく。

こつん、と窓の外で石が蹴られる音がした。

こんな遅くに表を歩いているのは、入口の門番ぐらいだ。今は交代の時間ではないため、人はいないはずだが。

風が強く、木々がざわめく音がしたので、春玲は窓を閉めようとそっと立ち上がった。

夜風が吹き、春玲の頬を撫でる。

何か甘い香りが鼻腔をくすぐった。

窓の側に行き、春玲はそこに黒い影があることに気がついた。

咄嗟に口に手を当て、小さく声を上げ驚く。

湖月が窓の桟に腰をかけ、満月を背に長い黒髪をなびかせていたのだ。

「こ、湖月皇子、どうしてここへ」

皇子が、妃嬪の部屋に窓から入ってくるなんて、夢にも思わなかった。

辺りに聞こえないように小声で問う春玲に、

「厠の帰りに道に迷ってしまってな」

唇の端を上げて、湖月が答える。

それは、以前春玲が夜道で迷い、湖月の住む宮の庭に入り込んでしまった時に、咄嗟に発した言い訳と同じ言葉だった。

二人が初めて声を交わした、あの日も満月の夜だった。

湖月は長い足で窓を乗り越えると、軽やかに床へと着地する。

普段は悠々と歩く雅やかな皇子とは思えない、がさつな行動だ。

「こんなところに来て、大丈夫なのですか」

「構わん」

皇子の部屋には侍官や近衛兵がたくさんいるはずだ。自分の部屋を隙を見て抜け出してきたのだろうか。

湖月の袖には葉がついていて、草木を掻き分けてきたのが分かった。

土埃を叩いて、湖月が春玲に向き直る。

「昨日はお誘いいただいたのに、行けず申し訳ございませんでした」

皇子には体調不良だと嘘をついた、と飛藍が言っていたが、春玲は約束を破ってしまったことに負い目を感じ、頭を下げた。

「飛藍様とは、いかがお過ごしでしたか」

湖月は昨日の夜を思い出し、鼻で笑う。

「後宮の華は、どうやら下戸の男が嫌いなようだ」

首を傾げて自嘲気味に答えた。

自分の部屋に、皇子がいるなんてなんだか夢を見ているみたいだと、春玲はぼんやりと背の高い湖月を見上げた。

「昨日来なかった本当の理由はなんだ」

眉根を寄せた湖月が、春玲に問う。

次期皇帝である第三皇子の命令は、絶対だ。拒むことなどできない。

体調が悪いというのも、机の上に並べられた作りかけの薬を見れば、嘘なのは明らかだ。

真っ直ぐに見つめてくる、闇に溶けそうな黒い瞳からは、逃れられない。

「――私に、覚悟がまだ足りませんでした」

春玲は、素直に心の内を白状した。

皇子は皆が噂するほど、悪い人ではない。

とっつきにくくて無愛想で、でも心の底は温かい人。

そう慕ってはいるが、正式に妃となるよう、夜伽はできなかった。

湖月はその心の内を見透かすように、じっと春玲を見つめる。

「……私の側にいることに、覚悟などいらん」

目を細めて、訴えかけるように呟く。

「あの日は隣国の使者との協議が長引き、疲れていたから、そなたと話がしたかった。……それだけだ」

後宮の妃嬪(ひひん)の一人に、部屋に来いと命じたならば、それは床入りだと誰もが思うだろう。

しかし、この間庭園で話した通り、疲れた時に春玲と少し言葉を交わしたかっただけなのかもしれない。

皇子故(ゆえ)のしがらみに心底うんざりしたように、湖月は髪を掻き上げた。

「まあよい。少し、肩を貸せ」

湖月は重いため息をつくと、椅子ではなくそのまま床に座り込んだ。

壁に背をつき、足を乱暴に投げ出す。

「隣に座れ。最近立て込んでいて、疲れている」

同盟国との会議などで、湖月は連日執務や外政に追われている。

少しよくなっていた顔色も、また青白くなり、疲れが溜まっているように見えた。

「湖月様、皇子が床に座るなど、汚いですよ」

権力を表す金色の刺繍のされた衣が、埃で汚れてしまう。

椅子へと促すが、湖月は首を横に振る。

床に座ったままの体勢で腕を伸ばし、春玲の手を掴んだ。

「では、命令だ。隣に座り、肩を貸せ」

皇子の命令は、絶対だ。

昨日、その命令を一度破ってしまっている春玲に、断ることはできなかった。

言われた通り床に座り、壁に背を預ける。

隣の湖月が、春玲の肩に頭を乗せ、もたれかかってきた。

息がかかるほどの距離。

夜風と共に舞う甘い香りは、湖月が衣に焚(た)きしめている香だろう。

視線の先には、一等明るい満月。隣には、肩にもたれる美しき青年。

「……湖月皇子は、意地悪ですね」

春玲は自分の鼓動が湖月に聞こえないかと、恥ずかしくて口を尖らせる。

「今さら気づいても遅いな」

腕を組み、湖月が笑った。

不機嫌な皇子は、最近はよく笑うようだった。

月明かりに照らされた、薄暗い部屋に二人。

不思議と、沈黙が気まずくは感じなかった。

静寂の中に、春玲の肩にもたれた湖月の吐息が響く。

「湖月様の心の内を明かしてくださいと、この前言いましたね」

満月を見上げ、春玲がお茶会の日を思い出しながら語る。

「よかったら聞かせてください。今なら、誰にも聞こえません」

闇の中、妃嬪の部屋で、皇子が床に座って足を投げ出しているなんて誰も想像できないだろう。

秘密を話すには、丁度いい。

「夜が明けてしまうかも知れぬぞ」

そう言った湖月に、お昼寝をしたので、私は大丈夫ですと春玲が告げると、目を細めて湖月が微笑んだ。

昏い心の底に溜めた想いを、月明かりの下にかざすように、ぽつり、と話し出す。

優しい母親を慕っていた幼少期。皇帝として多忙な父とはろくに顔も合わせず、母親が自分の全てであったこと。

「母上の代わりに、私が死ねばよかった」

妃の権力争いに巻き込まれ、若くして命を落とした母。

自分さえ産まなければ死なずに済んだのにと、何度も何度も悔いた、と。

「詩劉兄上も、翔耀兄上も、私より人望も教養もある、できた方々だ。だが、兄上たちは皇帝になるという重圧から逃げた。私は歴史に名を残すような名君になって、見返してやる。それが惨めで情けない、私の復讐だ」

生まれた時から皇子の三人は、腹違いの兄弟といえどどこかぎこちなく、常に周りから優劣をつけられていた。

優しい詩劉も、達観した翔耀も、幼い頃から陰を持っていた湖月にどこか遠慮がちだった。

いずれ自分たちも、兄弟同士の権力争いの果てに、無慈悲な湖月に殺されるのではないか、という恐れを感じていたのかもしれない。

湖月は、さらに淡々と心の内を晒していく。

「そなたの城下町の話が興味深かった。私もこの箱庭から出て、自由に馬で駆けてみたい」

外政など以外で、宮廷を出ることはない。だからこそお茶会で春玲が話した、城下町の情景が物珍しかったらしい。

いつか一緒に行きましょう、と春玲が言うと、湖月はゆっくり頷いた。

いつになるか分からない、途方もない夢。

「そなたと出会う前の私は、心などない伽藍堂だった。皇子という肩書きを持って生まれ落ちただけの人形だ」

夜の庭に迷い込んだ、平民出身の医者の娘。

遠い昔に祖父の命を救った、恩人の孫。

薬を数枚渡したら、次は池の橋の上で自分に薬を渡し、眠れぬ病を癒した。

お茶会では城下町の知らない世界を語り、いつでも悩みを聞くと言った。

未来を予知できるという、不思議な少女。

「だけど、今は心がどこにあるか分かる気がする」

よく通る低い声で、湖月が歌うように囁く。

「声が聞きたい。顔が見たい。私の目を見て、私の話を聞いてほしい。心からそう思うのだ」

会えない時に、会いたいと思う、初めての存在。

見張りの目を盗み部屋を抜け出して、夜の窓を叩き、会いに行くほど恋しい女。

春玲は、その言葉に答えることはできなかった。

肩にもたれている湖月が、黒曜石のような瞳で、春玲を見つめていた。

胸の真ん中を射貫くような、痺れる感覚。

「……眠くなってきたな」

湖月の細くて長い指が、春玲の小さな手を握り締めた。

冷え切った湖月の体温が、春玲の指に触れ、ゆっくりと温まっていく。

「そなたがいつも隣にいるのなら、薬などいらんのにな」

そう言って、長いまつ毛を揺らし、湖月は目を閉じる。

富も名声も権力も、全てが手に入る彼の、唯一手に入らないものを望む切実な願いだった。

春玲も、湖月に顔を寄せ、二人はもたれ合うように眠った。

第三皇子と予知の巫女は、後宮の隅の小さな部屋で密かに身を寄せ合っていたが、そんな二人を見ていたのは満月だけだった。

＊　＊　＊

どのくらい眠っていただろうか。

気がついたら窓の外の空は白み、朝が来たことを告げていた。

春玲が隣の湖月を見ると、彼はすでに起きていて、春玲の手を握ったまま顔をこちらへ向けた。

「起きたか」

春玲が目を擦りながら頷く。

「実に清々しい気分だ。話を聞いてもらえるというのは、こんなに幸せなのだな」

二十数年分の鬱屈した想いを語り尽くして、湖月は晴れやかな表情をしていた。

湖月はそっと春玲の頬を撫でた。

ずっと手を握り合っていたからか、その指先は温かい。

湖月の黒い瞳に、春玲の姿が映っている。

虫の音が聞こえる。日が昇り明るくなる前に、抜け出したことに気づかれぬよう湖月は自分の宮へと戻らなければならない。

ゆっくりと立ち上がり、衣の埃をはたいて向き直る。

「窓は開けておけ。また来る」

それだけ告げて、湖月は長い黒髪を風になびかせ、窓を乗り越えて去っていった。

その広い背を目で追いながら、春玲は彼の体温の残った指をそっと握る。

皇子と二人だけで、朝まで秘密の話をした。

まるで悪いことをした後のような夜明けに、胸の奥が熱くなるのを感じた。

第五章　二人の皇子

「許せないわ、あの女」

明杏は部屋で一人、怒りに震えていた。

「貧乏人のくせに、このわたくしを出し抜くなんて、春玲……！」

朝儀の際に一人だけ、宦官(かんがん)に耳打ちをされていた。

あの後の春玲の顔を真っ赤にした反応を見るに、湖月皇子の部屋に呼ばれたことは推測できる。

お茶会の際にも、湖月から一人だけ特別扱いをされていた。

一番の寵妃であるのは、傍目から見ても明らかだ。

神経質そうに明杏は親指の爪を噛む。

豪族出身で気位も高く、美しい自分があんな貧相な女に負けるだなんて。

私を差し置いて、次期皇帝である湖月皇子の妃になるなんて許せない。

部屋に呼ばれ、気に入られたのなら皇后になる日も近いのかもしれない。

そうなる前に、手を打たねば。

「……わたくしに恥をかかせたこと、後悔すればいいわ」

明杏は蔡家という商人の家系で、この辺に住むなら知らない人はいない豪族の出だ。

宝石業で莫大な富を築き、私兵を何千人も抱えている。

そんな家の力を使えば、この狭い後宮でも、憎き女を陥れる方法はいくらでもある。

明杏は不敵に笑い、両手の拳を硬く握り締めた。

＊　＊　＊

春玲は後宮の中にある、庭の地面にしゃがみ込んでいた。

壁のすぐ側の土に生えている草を見つけると、器用にむしっていく。

雑草のように見えるそれは、薬の調合に使えるものだったからだ。

侍従長や宦官（かんがん）に、後宮内の草花を採取したいと懇願（こんがん）し、許可を得たのである。

この前、毎日水仕事をしていて手が荒れてしまったと嘆いている侍女の琳々に、肌荒れに効く軟膏（なんこう）をあげたらとても喜んでいた。

それを仲のよい侍女や女官に伝えたらしく、不調に悩んだ女性たちが密かに春玲に相談しに来るようになったのだ。

春玲の薬が評判を呼び、父親からもらった薬箱の材料がなくなってきたので、こうやって宮廷内をうろついては、材料を採取している。

今見つけた葉は、胃もたれを抑える効能を持っているものだ。

春玲は手を伸ばし、さらにその青々とした葉を採ろうとした。

するとと、しゃがみ込んだ頭上に黒い人影が落ち、一瞬早く、目当ての葉をむしった者がいた。

春玲が振り向き見上げる。

逆光で顔は見えなかったが、杏色の衣を身に纏い、甘ったるい香を漂わせている人物には、一人しか心当たりがなかった。

「明杏様、如何いたしましたか」

春玲は立ち上がり、姿勢を正す。

思った通り、背後にいたのは明杏で、派手な化粧をした顔を忌々しそうに歪めている。

「ふん、楽器や刺繍の練習や、歌を詠むこともせず、こんなところで土いじりだなんて。ずいぶん余裕ね？　春玲」

嫌味を言ってくる明杏に、唇を噛んで押し黙る。

「お茶会では湖月皇子と庭を散歩して、皇子の自室にも呼ばれて、もう妃気分なのかしら？」

また何かにつけてつっかかってくる。春玲は内心ため息をつきながら、返答をする。

「いえ、結局体調不良で赴くことはできなくて……」

その瞬間、春玲は、しまった、と自分の軽率な返答に後悔した。

朝議の際に宦官に耳打ちされ、今宵皇子の部屋に行けと命じられただけで、周知された出来事ではない。

事情を知っている飛藍が明杏に話すとは思えないので、かまをかけてきたのを真に受けて答えてしまった。

明杏は元々きつい目元をさらに吊り上げて、手に持っていた葉を握り潰す。

「やはりそうだったのね、こんなみすぼらしい小娘が、皇子の部屋に呼ばれるなんて……！」

葉を地面に投げ捨て、甲高い声で叫ぶ。

「あんたなんて、地面に這いつくばって草でも採っている、汚らしい仕事がお似合いだわ！」

理不尽な暴言に、春玲は胸が詰まる。

泣いては駄目だ。

助けを求めてもいけない。

自分には何の非もない。嫉妬で目の敵にして、日々いびってくる相手の前で、悲劇の主人公ぶってはいけない。

春玲は真っ直ぐ明杏を見つめると、大きく息を吸う。

「私のことは、なんと言ってくださっても構いません。ただ、今の言い方は全ての医師や薬師、そして農民の方への侮辱（ぶじょく）です。撤回してくださいませ」

地面を耕し植物を育てることも、それを採取して薬を作ることも、とても尊く大切な行為だ。

傷一つない細い指や、綺麗に染めた爪を持つ明杏には到底理解できないだろうが、汚らしい仕事だと侮蔑（ぶべつ）するのは許せない。

それは、宮廷医師だった春玲の祖父や、城下町の医院で働く父母をも馬鹿にする言葉だったから。

いつもなら、目に涙を浮かべて俯くだけだった春玲からの反撃に、明杏は歯を食いしばる。

行き場のない怒りを抱えた明杏は、手を伸ばし春玲の肩を突き飛ばした。

後宮に来た初日に水甕（みずがめ）ごと転んでしまった時とは違い、春玲は少しよろけたが転ぶことなく踏み留まる。

春玲の強い意志を持つ瞳を睨み返し、明杏は舌打ちをする。

「ふん、まあいいわ。あんたの顔を見るのもこれが最後よ……」

唇を吊り上げ、明杏は杏色の衣を翻し、足早に去っていった。

ふう、と息を吐いた一拍後、自分の心臓がばくばくと激しく鼓動していることに春玲は気がついた。

後から汗が噴き出てくる。

拳を握り、一言言い返せたことに、胸がすっとした。

「春玲、大丈夫？」

声をかけられたので振り返ると、薄紫色の衣に身を包み、茶色の長い髪を編み込んだ飛藍の姿があった。

親しい友人の姿を見て、ほっと心が落ち着く。

「飛藍様。今回はあなたの助けを借りなくても、言い返してみせました」

彼はいつでも力を貸して、助けてくれた。

でも、いつまでもやられてばかりではいられない。

「見てたよ、よくやった。俺の出る幕はなかったね」

飛藍は悪戯っぽい顔で笑い、小声で言うと、ぽんぽん、と春玲の頭を撫でた。

慣れないことをしたせいで跳ね上がっていた鼓動も、飛藍の前で落ち着いてきた。

しかし、腑に落ちないことが二つ。

一つは、『あんたの顔を見るのもこれが最後よ』という明杏の言葉。

そしてもう一つ、肩を突き飛ばされ、彼女の手が触れた際、春玲は予知の巫女の力が一瞬だけ目覚めていたのだ。

恰幅のよい初老の男性が、文を読みながら、甲冑を着た兵らしき男に命令をしている景色が、微かに視えた。

派手な宝石がついた装飾品を首や腕につけていた初老の男性は、明杏の父親かもしれない。

顔を見るのも最後とは、彼女は後宮を去り故郷へ帰るのだろうか。

いろいろな考えが頭の中を埋め尽くす。

「どうしたの、怖い顔して」

目の前にいる飛藍に、頬を優しくつままれて、春玲ははっと我に返る。

なんでもないですよ、と笑い返すと、心配していた飛藍も笑顔になった。

「飛藍様、少しお痩せになられたのでは？」

春玲がふと気がつき、問いかける。

細身とはいえ、いつも健康的な姿なのだが、鎖骨が浮き出ており、頬もややこけて見える。

「ああ、なんだか最近食欲がなくて」

湖月皇子の部屋に潜入し酒を飲ませようと画策をしたり、春玲と湖月の関係が進展しては困ると頭を悩ませていたりして、あまり食事が喉を通らないのだ。

「それはいけない。季節の変わり目にはよくあることですが、お辛いですよね」

自分が原因とはつゆ知らず、春玲は心配そうに薬箱を開けた。

そこから一つの包みを取り出すと、飛藍に手渡した。

「これをぜひ。食前に飲むと胃がすっとして、少し食欲が湧くはずですよ」

胃痛に悩んでいる女官の相談を受け、作ったものの残りが丁度あったのだ。

ありがとう、と受け取り、飛藍は健気（けなげ）な春玲をじっと見つめる。

春玲の首元には、先日海で飛藍が贈った首飾りがつけられていた。

大切そうに毎日肌身離さずつけている姿が、嬉しく愛おしい。

決意をし、飛藍はそっと耳元で囁いた。

「なあ春玲、君に伝えたいことがあるんだ。今夜、時間あるかい？」

周りの者に聞こえないよう、小さな声で、男の口調で告げる。

飛藍は素直に、渡した首飾りの意味を伝えようと思った。

それはただの首飾りではない。

李瑠族の皇子が、心に決めた唯一無二の女性に贈るものなのだ、と。

「はい、私は大丈夫ですが……？」

「じゃあ、俺の部屋まで来てほしい」

後宮の華としての着飾った女の姿ではなく、一人の男である飛藍として、想いを伝えたかったから。

しっかりと好きだと伝えて、それで駄目なら諦めよう。

湖月皇子と春玲のために、二人の婚礼の席にて二胡で祝いの曲でも弾いてみせようじゃないか。

春玲が頷くと、飛藍は形のよい唇の端を上げて笑った。

覚悟を決めた男の瞳で、愛しい相手を見つめ、

「待ってるよ」

と後ろ手に手を振り、颯爽と去っていった。

自分の部屋に戻り、春玲は椅子に座りため息をついた。

このところ熱心に体調が優れない人の話を聞いて薬を作るのは、作っている最中は何も考えず無心でいられるからだ。

『俺が守るよ、春玲。何かあったら呼んでくれ。必ず駆けつける』

太陽のように底なしに明るい笑顔で、困った時は手を差し伸べてくれる飛藍。

抱き締められた時の彼の、一際大きな鼓動を思い出す。

『そなたがいつも隣にいるのなら、薬などいらんのにな』

月のように穏やかな瞳で、少しずつ心を開き、優しく微笑む湖月。

繋がれた手の冷たさが、温まっていくのを感じた。

まるで正反対の、美しい青年二人が頭から離れない。

城下町の実家にいた頃は、毎日ひっきりなしに病人や怪我人が訪ねてきて忙し

かった。

色恋沙汰にはからっきしな春玲は、どうすればいいのか分からない。

自分は湖月皇子の妃嬪で、飛藍と気の知れた仲のよい友人だ。

春玲の心は千々に乱れ、悩ましげに息を吐く。

二人の気持ちが分からないのに、考えても仕方がない。春玲は机に突っ伏して目を閉じた。

「春玲様、大丈夫ですか？」

視線を上げると、侍女の琳々が側で心配そうに立っていた。

「ごめんなさい、なんでもないわ」

二人の男性への気持ちに悩んでいるなんて心の内は言えないので、慌てて姿勢を正す。

「春玲様はいろんな方へお薬を調合されてますし、お疲れが出たのでしょう」

薬の評判がよく、頻繁に調合を頼まれることもあって、確かに最近暇さえあれば薬を作っている気がする。

「そういえば、先ほど仲のいい侍女からこの茉莉花茶をもらったのですが、よかったらお飲みください。体が温まりますよ」

綺麗な白磁器の急須とお椀を机に並べる琳々。

「ありがとう、飲んでみるわ」

「ゆっくり休んでくださいませ。わたくしは侍従長の手伝いに呼ばれてますので、席を外しますね」

丁寧に頭を下げて、琳々は扉を開けて出ていった。

ふう、と息をつき、心配をかけるような姿を見せてはいけないなと唇を引き締める。

目の前に置かれた急須からはほのかに甘い香りがする。体が少し冷えていたので、急須の茉莉花茶を茶器に注ぐ。

口をつけると、花の香りが口に広がり、喉を通って体全体が温まる。

ほっと息を吐いた瞬間、こめかみの辺りが痛んだ。

額を手で押さえたが、急激に視界が暗くなり、春玲は悟った。

予知が来る、と。


そして次の瞬間、視界に浮かんできたのは、紅く染まった空間だった。

――ごうっ。

鼓膜を揺さぶる風の音、肌を焼く熱さが襲いかかる。

蜃気楼でゆらめく空気の向こうに、杏色の衣を着て長い髪を丁寧に結った明杏が唇を吊り上げ、侮蔑を込めた視線でこちらを見ていた。

炎に囲まれた中、彼女の高笑いが響き渡り、やがてその姿は消えてしまった。

我に帰ると、目の前には白い茶器に注がれた茉莉花茶が見えた。

「今のは……なに……？」

不意に頭の中に流れ込んできた映像が理解できず、春玲は一人呟く。

今までの予知を視た状況で考えると、触れたものに深く関係がある人の、これから起きる未来が頭の中に流れ込んできたのだろう。

凶暴な笑みを浮かべた明杏が視えたので、この急須や茶器は彼女のものなのかもしれない。

そして、燃え盛る炎の赤さや、肌を焼く熱さも臨場感があって、まるで本当に炎の中にいるようだった。

もし実際に今後起こる未来なのだとしたら、すぐ皆に伝えなくては。

恐ろしい未来を阻止するために、自分が動かなくては。

しかし、急に胸が苦しくなってきた。

意識が混濁し、春玲はふらつくと膝を床についてしまう。

まさか茶に何かが入っていたのか、それが明杏の差し金だったのか。

考えようにも瞼が自然と落ちてきて、春玲は広い部屋に一人、気を失うように倒れ込んでしまった。

＊　＊　＊

どのくらいそうしていただろうか。

目を擦り顔を上げると、窓の外がすっかり暗くなっていることに気がついた。

頭はずきずきと痛み、無性に喉が渇いている。

その時、ふいに馴染みのある男性の声を思い出した。

『今夜、時間あるかい？』

飛藍と夜に会う約束をしていたのだった。

しまった、待ちぼうけにさせてしまっている、と春玲は慌てて立ち上がる。

その時、ふと焦げ臭い、と感じた。

よく見ると、部屋中が白い煙で充満していて、視界に靄がかかったかのようだ。

目が染みて、開けていられない。

げほ、と咳き込み袖口で鼻を押さえながら、手探りで部屋の中心へと歩いていく。

扉を開けようとしたら、焼けるような熱さで触ることができなかった。

指先の痛みで思わず叫んでしまう。

部屋の奥では、轟々と火の手が上がっているのが見えた。

火事だ。

柱状に燃え上がる炎が、床から天井まで伸びて白い壁を黒く焼いていく。皮膚から汗が噴き出して、一瞬で蒸発していく。

一瞬だけ未来を読んだ時に見えた、燃え盛る炎と同じだった。

しかし扉は触ることもできない熱さで、逃げ場はない。

「た、助けて……誰か……！」

切実に願う言葉は、業火に掻き消され誰にも届かなかった。

耳の奥で、明杏の高笑いが聞こえた気がした。

＊　＊　＊

自室の机で書簡に筆を走らせていた湖月は、部屋の外がざわめいているのに眉を上げた。

こんな遅い時間になんの騒ぎだ、と訝しく思っていたら、門の前に立っている近衛兵の男が挨拶も早々に部屋の中へ飛び込んできた。

「湖月皇子！　大変でございます」

「どうした、騒々しい」

甲冑の下で息を荒げている家臣を前に、筆を置く湖月。

「紅玉殿の奥の部屋から、火の手が上がったようです！」

両手を前で組み頭を下げた側近は、宮廷内の異常事態を告げた。

その言葉に、湖月は目を見開き、すぐさま窓へと駆け外を見た。

夜の闇に目を凝らすと、離れた後宮の方から、煙と炎が上がっているのが窺える。

「夜盗の仕業か、隣国からの攻撃かは分からぬのですが、湖月皇子も急ぎ火の手から遠い広場へとお逃げください」

この宮廷内にて皇族の命が最優先事項である。皇帝陛下と兄皇子二人はすでに避難しております、と説明する側近の言葉には取り合わず、湖月は火の手から目を離さない。

「――春玲」

白い花の咲く庭園で、久しく眠れたことへの礼を告げた。

暗い部屋で床に座り、心の底を朝まで語った。

その少女の名前を、うわ言のように呟く。

「湖月皇子、どこへ行かれるのですか！」

家臣の静止を振り払い、湖月は走って部屋を出た。

炎の上がる彼女の部屋へと、息を切らせて駆ける。

母を失った幼い頃と同じ、喉の奥が締めつけられるような絶望が体を支配していた。

＊　＊　＊

「はあ……げほっ……誰か……助けて」
蜃気楼がゆらめく部屋に一人、春玲は立つこともできず床に膝をついていた。
床に落ちた雫は、汗なのか涙なのかもう分からない。
「おとうさん……おかあさん……」
火は目の前まで迫っていて、しかし煙を吸い込んだせいか体に力が入らない。
ああ、この後宮で、何もできずに私は死ぬのか。
太陽のように明るい彼と、月のように穏やかな彼に、もう一度会いたい。
もっと一緒にいたかった。
馬で駆けて、広い草原に囲まれた彼の故郷を見てみたかった。
月を見上げながら、彼とゆっくり語り合いたかった。
実家の医院を救うために、人質のような気持ちで恐る恐る宮廷の門をくぐった。
好きでもない皇子のために着飾って、この狭い後宮の中で女同士のいびり合いを耐え忍ぶだけの余生になると思っていた。
それでいいと、諦めていた。
なのに、こんなにも死ぬのが怖い。
眩しくて愛おしい彼らと一緒に、陽の光の下で笑っていたいと、心から望んだのだ。

「──れい、しゅんれい」

誰かが自分を呼ぶ声がした。
でも、もう目も開けられない。
煮えたぎるような熱さが皮膚を溶かす。
窓硝子（ガラス）が割れる音がして、誰かの足音が業火で染まった部屋に響く。
「春玲！」
抱え上げられ、震える瞼を開く。
ぼやける視界の中に、泣きそうな顔で春玲を覗き込む飛藍の姿があった。
春玲の息があることを確認すると、ほっと肩を撫で下ろした。

「部屋に来ないから、様子を見に来たんだ。無事でよかった。他の逃げ遅れた人も助けてたから、遅くなってごめん」

夜、話があるから部屋に来てくれと言われていたのに、薬を盛られ眠ってしまったのだ。

春玲を心配して部屋の方を見たら、火の手が上がっていたので慌てて駆けつけたのであろう。

飛藍は、化粧もせず遊牧民の服を着ており、男の姿であった。

着飾らない素の自分の姿で、春玲に想いを伝えようと待っていたのだから。

「げほ、飛藍、さま……！」

「煙を吸わないで、大丈夫。一緒に逃げよう」

飛藍は手拭いを春玲に渡し、鼻と口を覆うように指示すると、両手で抱きかかえた。

ごう、と炎が舞い上がり、熱さに飛藍が顔を歪(ゆが)める。

春玲は彼の腕が血だらけなのに気がついた。

炎で覆われた扉は開けられないため、窓を破り無理やり入ってきた際に、硝子(ガラス)で切ったのだろう。白い肌を鮮血が染めている。

人一人を抱えたまま、炎の中を歩くのは大変だ。

春玲の服の裾に火が燃え移り、足を掠めた。ひっ、と声を上げて飛藍にしがみつく。

それを見て、ごめんね、と言いながら飛藍は春玲の服の裾を無理やり破り捨て、火が当たらないように再度抱えた。

外へ出ようと、割れた硝子窓に手をかけるが、剥き出しの硝子の破片と、溶けた桟の熱さに飛藍が唇を噛み締める。

「怖くないよ、しっかり掴まって」

痛くて、熱くて、恐ろしいはずなのに。

飛藍は涙で濡れる春玲を落ち着けるため、微笑んだ。

そして足をかけ、部屋の外へと一気に飛び降りる。

背後では床が炎で焼け落ちる音がした。

間一髪であった。

あと少しでも遅かったら、あの炎の中に閉じ込められていたのだと思うとぞっとする。

後宮の外に着地し、飛藍はゆっくりと春玲を地面へと下ろした。

そのまま息を吐き、彼は膝から崩れ落ちる。

煙を多く吸ってしまったのだろう。ぜえぜえと苦しそうに肩で息をしている。

「飛藍様、ごめんなさい。私のせいでこんな目に」

頬は黒い煤がつき、腕は血に染まり、指先は焼けている。

満身創痍だというのに、春玲に心配させぬよう飛藍は唇の端を上げる。

「言っただろ、君を守るって」

青い海で語った自らの言葉を体現し、飛藍は命がけで春玲を救ったのだ。

春玲の瞳から、涙がこぼれる。

飛藍は立ち上がると、そっと春玲の涙を拭う。

夜空が赤く染まる中、優しく微笑む飛藍は、それは美しい青年だった。

「おい、焼け落ちる前に火を消すぞ！」

「水汲み場から水を持って来い、早く！」

騒ぎを聞きつけた武官たちが集まってきた。

その声を聞き、春玲は飛藍が男の姿だったのを思い出し、隠れなければ、と頭を巡らせる。

しかしそれよりも早く、声がした。

「春玲！」

腕を掴まれ、振り返る。

真っ青な顔をし、息を切らせた湖月が春玲を覗き込んできたのだ。

「こ、湖月様。どうして――」

皇族の過ごす宮は、ここから離れた場所にあるはずだ。

火事が起きたことを知ったのなら、より火の手が及ばぬよう風上の広い場所へと逃げるだろう。

なぜ第三皇子自ら、燃え盛る後宮に走ってきたのか。

数多（あまた）いる妃嬪（ひひん）の一人と、皇子の命の価値は、天と地ほどの差があるというのに。

「無事か」

湖月は呼吸を整えながら、春玲の無事を確認すると、ほっと息をついた。

「はい、部屋の中にいたのを助けていただいて……」

そこまで話して、春玲はしまった、と口を閉じた。

湖月の視線が、隣の飛藍へと動く。

「そなた、は……」

腕を血で染め、煤(すす)だらけの男を見て、目を丸くした。

言い訳はできそうにないと観念したのか、飛藍は両手を上げると、

「後宮の華でございます、湖月皇子」

と優雅に自己紹介をしてみせた。

白粉(おしろい)を塗り、紅を引き、装飾品を身につけ、二胡(にこ)を弾く美しき妃嬪(ひひん)。

その正体が男だということに、湖月が気がついた瞬間だった。

「……そういうことだったのか」

頭の中で、様々な出来事がつながったのだろう。

いびられている女たちに手を貸す男気、春玲の代わりに湖月の部屋に訪れたこと、
この燃え盛る炎の中に飛び込み、春玲を救い出せた力強さ。

確かに派手に着飾っただけの女ではないと、湖月はようやく納得した。

「話は後だ、下がろう」

宮廷の中で、虚偽は罪だ。

しかし、夜空高く炎が巻き上がるこの状況で、それを咎めている時間はない。

服の裾が焼け焦げ破けた姿の春玲に、素早く自分の羽織を被せ、湖月は急いで建物から離れるように促す。

飛藍も頷き、喉が焼けるような熱い空気を吸いながら湖月の背を追う。

その時、飛藍は視界の端に入った人物に、ふと違和感を覚えた。

火事と聞きつけ集まった近衛兵や武官たちは、水汲み場から水を運んでいたり、部屋にいる女たちに避難を指示したりしている。

その中に一人、落ち着いた様子で宮廷の入り口の門へ向かう男の姿があった。

まるで火事が起こるのを知っていたかのようなそぶりで、人目を避けつつ足早に歩いている男。

「あんな男、宮廷にいましたっけ」

思わず漏れてしまった飛藍の独り言に、湖月と春玲が振り返る。

まだ後宮に来たばかりの春玲と、下々（しもじも）の者の顔と名前を全員把握しているわけではない湖月は頭の上に疑問符を浮かべていたが、宮廷内の見張りや宦官（かんがん）の人数と顔を全員覚えている飛藍は、その男を追いかける。

こっそり宮廷を抜け出し、城下町へ出かけたり、馬で遠乗りをしたりしていた彼ならではの行動だった。

「おい、待て！」

飛藍は珍しく声を荒げる。

「見知らぬ顔だな。名前と所属を教えてくれるかい？」

珠瑞国の甲冑を着てはいるが、見覚えのないその男は、飛藍に呼び止められ明らかに動揺していた。

「わ、私は――」

口ごもり、目を泳がせている男に詰め寄る。

炎に照らされた、彫刻のように美しい青年に至近距離で顔を覗き込まれ、男は唾を飲み込みたじろぐ。

飛藍は男に顔を近づけ、匂いを嗅ぐ。

「油臭い。火箭を使って後宮に火を放ったのは、お前だな？」

火箭とは、主に戦などで使われる武器だ。

油を染み込ませた布を矢の先に巻きつけ、そこに火をつけ敵の城に打つ。

男の手から、火箭に使われる特徴的な油の匂いがしたのを、飛藍は指摘する。

こんなに早く火が広がるのは、蝋燭の火が燃え移った程度では考えられない。

悪意のある何者かが、部屋の中へと火箭を射ったのなら、合点がいく。

飛藍と、男の視線が交差する。

男は舌打ちをすると、鍛え上げられた腕を伸ばし飛藍を突き飛ばした。

体勢を崩し、飛藍はくぐもった声を上げ、よろける。

その隙に男は近くの馬に跨り、手綱を握り逃走を図っていた。

「待て！」

飛藍が走るも、馬には追いつかない。

その時、後ろから飛藍を呼び止める声が聞こえた。

「飛藍様、これを！」

建物を出て避難していた侍女の香南が、両手に抱えていた荷物の中から、飛藍の弓と矢を取り出し、走る飛藍に投げた。

弧を描いて飛んできた弓矢を、掴み取る。

「でかしたぞ香南！」

飛藍は礼を言うと、馬に乗り逃げゆく男を目がけて弓を構えた。

キリリ、と弦の音が響く。

腕からは血が出て、指先は火傷をし、もはや痛みで感覚はなかったが、広大な草原を馬で駆け、鳥や獣を意のままに仕留めていた李瑠族の皇子に、射貫けぬ者はいない。

「殺すな、生け捕りにせよ」

背後から告げられた湖月の命令に、飛藍は頷く。

馬に乗る男の脚を目がけて、矢を持っていた指を離す。

風を切る乾いた音がし、次の瞬間には、馬に乗っていた男の叫び声が響き渡った。けたたましく馬が鳴き、男は馬の背から地面へと力なく落ちる。

その左足には、飛藍が放った矢が刺さっていた。

「く、くそ……!」

足を引きずりながら、男は必死で立ち上がり馬へ再度乗ろうと試みる。

しかし、

「動くな」

背筋の凍るような、湖月の冷たい声。

落馬した男に素早く駆け寄った湖月は、腰に佩いていた刀を抜き、男の首筋に切っ先を添えていた。

紅い血が一筋、男の首から垂れる。

男は死を覚悟し、観念したのか、地面に両膝をついた体勢で歯を食いしばっていた。

「痴れ者を捕らえよ」

熱風に煽られ、湖月の長い黒髪がなびく。

切れ長の目は、自らの宮廷に火を放った男に対する、静かなる怒りに染まっていた。

数名の近衛兵が駆け寄り、男を後ろ手で締め上げ、捕らえた。

その様子を見ながら、湖月は男が腰に隠し持っていた短剣を見つめた。

特徴的な細工がされた鞘には、様々な宝石が埋め込まれている。

それを見て湖月は、ふん、と鼻を鳴らし目を細める。

火事で皆が逃げ惑い、混乱する場にて、冷静な飛藍の観察眼と、卓越した弓の腕のおかげで犯人を捕まえることができた。

弓を片手に持ち、肩で息をしていた飛藍に、湖月が目線を送る。

「よくぞ気がついた。そして春玲を助け出したこと、感謝する」

湖月は両手を胸の前で組み、傷だらけの飛藍に礼をした。

皇子から礼を言われるなど、最高の誉れである。

飛藍は煤で汚れた頬を掻き、照れ隠しをしながら返事をする。

「お褒めに与り光栄です。でも、俺が勝手にしたことだから、気にしないでください」

湖月は頭を上げると、口角を上げる。

後宮の華と、不機嫌な皇子が初めて目を合わせて、お互いを認め合った瞬間だった。

春玲は、怒涛の出来事に頭の整理が追いつかなかったが、二人が無事だったことに、ほっと胸を撫で下ろした。

「飛藍様、血が出てます」

「ああ、かすり傷だよ」

飛藍の腕から血が滲んでいたので、春玲は腰布を破き、止血のために結びつけた。

応急処置の要領で手際よく巻いていく。

彼の白い腕にふと触った瞬間——またも、頭が痛んだ。

目の前の情景が変わる。

宮廷の広場にて、手を縛られ傷だらけの飛藍が、頭を地面に押し付けられている。

武装した屈強な兵が左右に立ち、立派な太刀を飛藍の首に当てている。

まるでとんでもない罪人を処刑するかのような光景だ。

飛藍は悔しそうに唇を噛み、その美しい顔を痛みに歪めている。

玉座には湖月が座っており、冷徹な目で飛藍を見下ろしていた。

彼の一言で、拘束された飛藍の命など一瞬で奪ってしまいそうな、不機嫌な皇子の威厳を放っている。


恐ろしい未来はすぐに消え、辺りは火事騒動で人々が駆け回っている後宮に戻った。

「春玲、どうしたんだい？」

自分の怪我した腕を労ってくれていた春玲が急に動きを止めたものだから、飛藍は不思議そうに声をかける。

その後ろの湖月も、何事かと怪訝そうにこちらを向いていた。

背後では、宦官たちが水を張った桶を運びながら、必死に火を消す声が聞こえる。

信じられない、と春玲は唇を震わせる。

「逃げて、ください。今すぐ……逃げて、飛藍様」

彼に触れた瞬間見えた光景は、彼に襲いかかる未来だ。

身体中血まみれで、後ろ手に拘束され、尊厳もなく衆人環視の中、今まさに殺され
そうな飛藍の姿を見て、春玲は必死で彼に訴えた。

「何を言ってるんだい春玲、俺の傷は大丈夫だよ」

「違う、今すぐ逃げて……！」

夜空を赤く染める炎に照らされた春玲の訴えは、理解されなかった。

すぐに、目の前で信じられない事態が起こった。

甲冑を着た武官が二人、飛藍の背後から忍び寄り、その腕を捻り上げたのだった。

「痛っ――！」

顔を歪めて声を上げる飛藍に、春玲が驚き目を見開く。

「湖月様。この者は男子禁制の後宮に、性別を偽り居座っていた罪人でございます」

そしてその罪人を捕え、罰するのが自分の仕事だと、武官は飛藍を羽交締めにする。

後宮の華と呼ばれ、道行く者の視線を釘付けにしてきた妃嬪を、知らぬ者はいない。

男が化粧をし、皆を騙していたのなら、許されることではないのだ。

「や、やめてください！」

春玲は痛がっている飛藍を庇うように、訴えかける。

湖月は家臣の言葉に、薄く唇を開けたまま、思案していた。

「罪人、か」

うわ言のように、ぽつりと呟く。

「由緒正しき皇族の血を後世に残すための後宮にて、虚偽は罪です」

もう一人の武官も理路整然と告げる。

背後では、水汲み場から水を運び、火を消している者たちの声が聞こえる。

「湖月様、お考え直しください。飛藍様は病弱な妹さんの代わりに後宮に来たという事情があるのです！」

春玲は湖月に縋りつきながら、必死で説得する。

涙を浮かべる春玲を、飛藍は諦めを含んだ声でなだめた。

「嘘をついていたのは事実だ。君の命を救えたんだから、俺はどうなっても仕方ないよ」

喉は焼け、声は掠れてしまっている。

美しき後宮の華は、今宵の火事のような非常事態がなければ、誰にも気がつかれることはなかっただろうに。

春玲は、自分のせいで正体が明かされてしまった罪悪感で、胸が締めつけられるようだった。

屈強な男に腕を押さえられた飛藍を哀れみの目で見つめながら、湖月が答える。

「……先ほどの者と同じく裁きの場にかけよう」

「湖月様！」

春玲の悲痛な訴えに、湖月は凛とした声で返答する。

「最優先は火を消すことだ。そして春玲、そなたは怪我をしているのだから、救護班のもとへ行け」

湖月の言葉に春玲は首を横に振る。擦り傷程度で大袈裟だ、飛藍の方が大怪我をしているというのに。

湖月と飛藍は目を合わせたが、すぐに武官二人が華奢な飛藍を押さえたまま、引きずって運んでいった。

罪人は、皇族から裁きの場にて刑を命じられるまで、独房に入れられる決まりだ。

春玲は命の恩人である飛藍を目で追う。

傷だらけで連れていかれる飛藍が、少しだけ振り返って、力なく笑った。

大丈夫だよ、という彼の声が聞こえた気がした。

赤く染まる夜空の下で、春玲は思う。

未来を読めるのなら、その未来を変えることができるのも、自分だけだ。

予知の巫女の力を得た意味があるのなら、彼の未来を必ず変えてみせると、春玲は誓った。


大勢で鎮火に専念したが、火が消える頃には夜が明け、朝になってしまっていた。

黒く焼け落ちた後宮の部屋は、見るも無惨である。

しかし誰よりも早く駆けつけ、取り残された者を救い出してくれた青年のおかげで、死者は一人も出なかった。

第六章　裁きの場にて

珠瑞国の宮廷に火が放たれたという事件は、瞬く間に城下町や周辺諸国へと広がった。

完全に消火され、怪我人の治療をし、事態が落ち着くのに数日を要した。

「春玲様が無事でよかったです。部屋に閉じ込められていると聞いて、肝が冷えました……」

侍女の琳々は春玲の無事を喜びながら、足に負った傷の包帯を取り替える。

その瞳には、本気で主人を心配していたという、真っ直ぐな感情しか見て取れない。

火の手が上がってすぐに、妃嬪たちは外に避難したというのに、春玲は一向に部屋の中から出てこなかったのだという。

春玲の部屋は燃え落ちてしまったので、仮の部屋を与えられていた。

「そう。心配かけてごめんね琳々。一つ聞きたいことがあるのだけど……」

「はい、なんでしょう」

「火事の日の昼に持ってきてくれた茉莉花茶(まつりかちゃ)、あれは誰からもらったの？」

甘い香りのする茶と、傷一つない綺麗な白磁器の急須と茶器。

それを飲んですぐに、意識が混濁し、春玲は床で眠ってしまったのだ。

「あれは仲のよい侍女からもらったのです。明杏様に仕えている子で、春玲様がお好きだろうからお裾分けするようにと」

「……そう」

やはり、と思いながら春玲は返事をする。

急須に触れた時に、炎の中で高笑いをする明杏が見えたのだから、元々あれは彼女の持ち物なのだろう。

そして、飲んですぐ意識が遠のいたのも、きっと一服盛られたに違いない。

明杏がそこまでの負の感情を自分に抱いていることなど知らなかった春玲は、ため息をつく。

危うく、命を落としかねなかった状況に、ぞっとする。

「あの高そうな急須も、火事で溶けてしまったのでしょうね」

春玲が眠らされ火を放たれたことなど知らず、自分が無意識に陰謀の片棒を担いでいたなどと微塵も気がついていない琳々は、呑気に食器の心配をしていた。

今から、裁きの場が開かれる。

火事を起こした実行犯は捕まり、牢に入れられているはずだ。

黒幕の存在まで、湖月は気がつくだろうか。

明杏がこの一連の犯人という『未来を読んだ』なんて、不気味で不確かなことを証明できるのか悩みながら、春玲は立ち上がった。

自分を命懸けで燃え盛る炎から救ってくれた、優しい飛藍を絶対に助けようと誓って。


太陽が高く上がった昼過ぎに、裁きの場は開かれた。

いつも朝儀が行われる広場には、宮廷内の者が集められていた。

鉄冑を被り帯刀した近衛隊たちが、広場の周りに整列している。

武官と文官、宦官が等級順に並び、その最後尾に妃嬪や女官などの女たちが立っていた。

朝方まで燃え続けた火事のせいで、まだ辺りは焦げ臭く感じる。

正体不明の部外者の男が、火箭で後宮を焼き討ちした。ここは、その者の罪を問う場である。

春玲の頭の中に、炎の中で感じた恐怖と、飛藍の身を案じる不安が駆け巡る。

最後列で、祈るような気持ちで唇を噛み締めていた。

「湖月皇子がお入りになる、皆頭を下げよ！」

宦官の声に、その場にいる者全員が頭を下げる。

中央の扉から、藍色の上等な生地に金色の刺繍がされた衣を身に纏った湖月が入ってきた。

頭に載せた冕冠から垂れた旒がゆっくりと揺れ、その奥の黒い瞳が見える。

悠然と歩き、中央の玉座へと座る。

春玲が後宮に入った初日、目の前で行われた光景と同じ姿であった。

しかし、新しい妃嬪を興味なさそうな瞳で見ていた時と違い、罪人に対する裁きの場で、湖月はより一層粛然として見えた。

「火事の後始末、大変ご苦労だった」

湖月が片手を上げ、労わる言葉を放つと、皆一斉に頭を上げる。

「我らに反旗を翻した謀反者を、今から裁きにかける。連れてこい」

強い語気で湖月が命じると、独房から連れてこられた男が、両腕を武官に掴まれ、飛藍に射られた左足を引きずりながら歩いてきた。

玉座の前に、平伏させられる。

無精髭を生やしてはいるが、まだ若い青年だ。

「貴様が後宮に火箭を放ったことに間違いないな。誰の差し金だ」

たった一人で行った稚拙な行動からして、おそらくは金で雇われた賊であろう。敵国の刺客ならば、もっと念入りに、大人数で行うはずだから。

男は下を向いたまま、何も答えない。

「討ち入りを指示した者を言わずに、死ぬつもりか。よく教育されているな」

誰に雇われたのか、黙秘を貫く気のようだ。

これでは刑に処しても、黒幕の正体は分からない。

湖月は玉座に頬杖をつき、隣に立つ将軍に手を上げて命じた。

「持ってこい」

武官の中で一番の権威を誇る将軍が持ってきたのは、男が持っていた短剣だった。

牢に入れる際に身につけていたものは没収したのだが、その短剣を手に持ち、湖月は長い指で鞘を撫でた。

「剣の鞘に、宝石がいくつも装飾されている。この珍しい石に見覚えがあってな」

宝石が埋め込まれた鞘は、太陽の光を反射しきらきらと輝いている。

「娘が後宮入りする際に、蔡家が献上した宝石と同じものだ。蔡家は、宝石商で地位を成した豪族だ」

男が、蔡家という言葉を聞いて、はっと顔を上げた。

みるみるうちに血の気が引いていく。

「……明杏、そなたは蔡家の娘であったな」

湖月は、広場の後ろに立ち、固まっていた明杏を名指しにした。

後宮では、出自や家系の良し悪しで上下関係が生まれぬよう、正式な妃に選ばれるまで姓を名乗らないのが決まりだ。

なので公にはなっていなかったが、蔡は明杏の姓である。

呼ばれた明杏は、唇を引き締め目を伏せている。

いつも強気な彼女が、恐怖で震えていた。

「前へ出よ」

皇子の無慈悲な一言で、甲冑（かっちゅう）を着て帯刀した武官が、明杏を乱暴に引っ張り、玉座の前へ連れてくる。

小さく悲鳴を上げた明杏を、容赦なく平伏させる。

「男よ、そなたに後宮の最奥の部屋を焼き討ちするように命じたのは、明杏か？」

両膝を地面につき、後ろ手で縛られた男は、顔を上げず何も反応をしない。

頬を流れる汗が、地面に染みを作っている。

「こ、湖月皇子。わたくしは今回のことと無関係でございます……！」

両手を重ねて、明杏は懇願（こんがん）する。

「この宝石はそなたの生まれた蔡家が扱うものであろう。蔡家は私兵に、自作の剣を持たせると聞いたことがある。そなたが命じたのではないのか」

湖月は温度を感じさせない声で、淡々と問いただす。

冷徹な瞳は、地面に跪く（ひざまず）二人を映している。

故郷の父に文を出し、邪魔な妃嬪（ひひん）の命を奪うため私兵を送り込むよう、明杏は確かに頼んでいた。

ただ、それを認めれば、生きていられる保証はない。

謀反人として断罪されるか、よくて宮廷を追放され、一生後ろ指を差されて過ごすかだ。

「この者が勝手にやったことです、わたくしは知りません！　蔡家とは全く関係ありません。剣も、きっと盗んだものでしょう」

目を血走らせながら必死に訴える明杏に、そこで初めて男が顔を上げた。

「盗んでなんかおりませぬ、私は蔡家に仕えている者でございます……！」

全てを白状した。

任務遂行を失敗した自分に、主を売ることはできない。しかし自分を盗人扱いすることは許せない、というように。

明杏は男を睨みつけ、余計なことを言うな、と目で制している。

湖月は、茶番だとため息をついた。

「もうよい。埒が明かぬから止めよ」

そして第三皇子は、その場にいる全員に聞こえるように言い放った。

後ろ手で縛られた男への刑を命じる。

「男よ。そなたには罪人の焼印を押し、流刑とする」

一生消えない焼印を腕に刻むことで、誰から見ても過去に罪を犯した者なのだと分かるようにするのだ。

ひどく苦痛を伴うその傷を負った者は、どこへ行っても奴婢(ぬひ)扱いしかされない。

「そして明杏、そなたは帰郷刑と処す」

帰郷刑というのは、強制的に宮廷から追い出され、故郷に帰されるという刑だ。

そして、今後一切、宮廷内に立ち入ることも、皇族に近寄ることもできない。

厳しい皇帝ならば、二人とも斬首や絞首刑にするだろうが、命までは取らないというところに、湖月の慈悲が見て取れた。

「わ、わたくしはやっておりませぬ……！」

勢いよく立ち上がり、この期に及んでまだ言い訳をする明杏。

「そなたがやった証拠はない。だが、やっていないという証拠もない」

玉座に座り、腕を組みながら告げる湖月。

「疑わしき者も罰する、それが私のやり方だ」

有無を言わさぬ、冷徹な言葉だった。

明杏は弱々しく地面にへたり込む。

「わたくしは……貴方様に愛されたかっただけでございます……」

絶望に打ちひしがれつつ、声を絞り出す。

「そなたが欲しかったのは、皇后の位だけだろう」

呆れたと、湖月は不遜な明杏に吐き捨てる。

「誰を愛するかなど、そなたに指示されるいわれはない。去れ。今後一歩でも宮廷に足を踏み入れたならば、その時は容赦せず刑に処す」

そうして片手を上げると、武官が二人を立ち上がらせ、その場から退場させた。

左足を引きずりながら、悔しそうにうなだれている男。

明杏は、遠くに立つ春玲のことを、最後まで憎そうに睨みつけていた。

あんたさえ来なければ、あんたが皇子に色目を使わなければ。

貧乏人の地味な娘ごときが、絶対に許さない。

そんな彼女の心の声が、鼓膜を揺らした気がした。

一人の女の嫉妬と情念が、後宮を燃やし尽くすほどに膨れ上がっていたことに、恐怖した。

実行犯の青年だけ罰して、黒幕を突き止めなかった場合、春玲は明杏に渡された茶を飲んで意識を失ったこと、彼女が火事を起こす命令をした未来を視たことを湖月に告げ、然るべき罰を命じるよう訴えるつもりだった。

この衆人環視の中、信じてもらえるかは分からないが。

しかし、湖月は誰も文句が言えないような証拠を突きつけ、彼女を罰した。

名君の裁きに、春玲はほっと胸を撫で下ろす。

「以上だ。火事にて死人が出なかったのが不幸中の幸いだったな」

湖月はそう言って頷き、裁きの場を終えようとした。

一件落着と思いきや、屈強な将軍が異を唱える。

「お待ちください湖月様。もう一人の罪人も、裁いてくださいませ」

顔を覆う髭に、一際大きい刀剣を腰に据えた将軍の言葉に、湖月は眉根を寄せる。

「……あの者は、ここで裁かずともよい」

目を細め、湖月は首を横に振るが、

「そうはなりませぬ。罪の前で人は平等でなければなりません。おい、連れてこい！」

屈強な将軍がそう部下に呼びかけると、数人の武官が広場を横切り走っていく。

しばし間を置いて、独房から出された一人の青年が、左右を武官に囲まれて玉座の前まで連れてこられた。

背中で両腕を縛られ、腕も足も血で染まっている、飛藍だった。

その痛ましい姿を見て、春玲は小さく悲鳴を上げる。

一つに束ねられた茶色の長い髪は煤で汚れ、頬には痣が出来ている。

罪人として、独房の見張りに痛めつけられたのかもしれない。

「この者の名は飛藍。男子禁制の後宮で、男なのに性別を偽り、女として過ごしていた不届き者だ」

将軍の言葉に、広場中にざわめきが広がった。

それもそのはずだ。後宮の華と呼ばれ、妃嬪の中で最も美しく、皇后に一番近いと噂されていたのだから。

密かに想いを寄せる武官や宦官も多かった。

そんな飛藍が、まさか男だったとは。

信じられないと、妃嬪も女官も武官も、顔を見合わせていた。

昨日と同じ遊牧民の服を着た飛藍は、衰弱し切った様子で俯いている。

湖月は複雑そうに眉をひそめ、額に手を置き頭を抱えていた。

部屋で二人、酒を酌み交わした。酔って眠りに落ちた彼を寝所に運んだ。

生意気だが、どこか憎めない飛藍を、性別を偽っていたとはいえ罰するのは気が引けるといった様子である。

「妃嬪の過ごす後宮には、皇族以外の男子は立ち入ってはならない。もし過ちが起これば、皇族以外の汚れた血がお世継ぎになってしまうかもしれないからな」

間違いなく皇族の血を引く者が、次の皇帝にならねばならない。

そのため、男子は一切後宮に出入りはできないし、できるのは去勢をされた宦官のみだ。

男が妃嬪と懇ろになり、妃嬪がそれを隠し、皇子とも床入りをして身籠もったならば、男と皇子、どちらの子供か分からないのだ。

だからこそ、性別を偽り、男が後宮に忍び込むのは重罪なのである。

しかし、今までどんなに制裁を受けようが、侮蔑を受けようが黙っていた飛藍が、
将軍の言葉に顔を上げた。

「汚れた血……？　俺の故郷の一族が汚れてるっていうのか……？」

歯を食いしばり、大きな目を見開き、玉座の横に立つ将軍を睨みつける飛藍。

その体は、怒りで震えていた。

「撤回しろ！　誇り高き我が一族の名誉にかけて！」

広大な草原を馬で駆ける遊牧民、李瑠族。

自由を愛し、家族を愛する気高き一族。

彼らを束ねる若き皇子、飛藍は、聞き捨てならないと食ってかかった。

その迫力に面食らった将軍だったが、罪人の分際で無礼者が、と腰に置いた剣に手をかけた。

春玲の頭の中に記憶が逡巡する。

将軍が手をかけた大剣。

それを抜き、無造作に飛藍の髪を掴み地面に頭を無理矢理つけ、首筋に剣先を突きつける姿を予知したことを思い出す。

彼はこのまま、罪人として処刑されてしまう運命（さだめ）なのか。

恩赦を求めるでもなく、一族の誇りを叫んだ彼の未来を変えることができるのは、自分だけだと春玲は思った。

「お待ちください！」

大勢が立ち並ぶ広場の隅まで行き届く大声で、春玲が叫んだ。

人波を掻き分けて、地面に膝をついている血濡れの飛藍に駆け寄った。

痛々しい姿。自分のために罪人だなど呼ばれるなんて、見ていられなかった。

「春玲、来ちゃ駄目だ」

掠（かす）れた声で飛藍が囁く。

君も同罪になる、それだけは絶対に避けたい、と。

自らを犠牲にしようとする飛藍に、春玲は首を横に振る。

立ち上がり、背筋を伸ばしてはっきりと告げた。

「この方は、燃え盛る後宮から、私を救ってくださった恩人です。この方がいなければ、私は死んでおりました」

気弱な春玲が、真っ直ぐに玉座を見つめ、堂々と語る。

その姿に、広場中の人々が釘付けになった。

「誰も傷つかぬ嘘をついた罪と、皇子を含めた多くの命を救った誉（ほま）れ。どちらを評価ない。

されるおつもりでしょうか」

皇族の世継ぎを残すための後宮。男子禁制の、秘められし場所に男がいてはなら

だが、彼は燃え盛る火の中から命懸けで春玲を救った。

逃亡する犯人を見つけ、弓で射り、即座に捕まえた。

火の手がもっと激しくなれば、皇族たちさえも犠牲になっていたかもしれない。

「そんな些細な罪さえ払拭できないこの命ならば、今ここで私を斬り捨ててくださいませ」

春玲は膝を折り、地面に平伏すると手を合わせ頭を下げた。

誰よりも強く優しい彼が処刑されるというのならば、自分の命も捧げよう。

そうなるのも本望であった。

広場に、静寂が訪れた。

後ろ手で縛られた血濡れの飛藍の大きな目から、一筋の涙が流れる。

内気な春玲の覚悟を決めた姿に、胸を打たれていた。

大剣を下げた屈強な将軍は、春玲の訴えを聞き、飛藍と湖月の姿を交互に見る。

「皇子、いかがいたしますか。所詮一人の妃嬪(ひひん)の意見でございますよ」

顔をしかめる将軍の問いに、玉座に腰かける湖月は、目を細め小さくため息をついた。

罪人と呼ばれし、傷だらけの『後宮の華』。

その彼を庇う、元宮廷医師・郭諒修の孫かつ、予知の巫女の血を引く者。

「……そんなに、その男が大切なのか」

隣にいる将軍にも聞こえないほどの声で湖月は呟く。

不敬罪で自分も処刑されるかもしれないというのに、大勢の前で頭を下げる春玲に、
湖月は自分の胸が微かに軋(きし)むのを感じた。

広場の中央で縄で後ろ手に縛られた傷だらけの飛藍、頭を下げ必死に訴える春玲、
それを玉座から見下ろす湖月。

三人の視線が交差し、それを見守る者たちにも、沈黙が落ちていた。

――その静寂を打ち壊す音が、どこからか鳴り響いた。

どどど、どどど、と振動が地面から伝わってくる。

「な、なんだ……？」

兵たちが異変を感じ辺りを見回していると、

睨んでいる。
毛皮のついた防具を着込み、武器を手に持った若い男たちは、鋭い眼光で宮廷内を
宮廷の門の前に、一列ずらりと騎兵が並んでいた。
広場に立っている者たちの背後、玉座から見える真正面。
響き渡る大声が、門の方向から聞こえた。
「失礼する！」

その騎兵の中央にいた黒髪の青年が、馬を一歩前に出し、再び叫ぶ。
「我が名は李瑠族の文瑛。こちらで我らの一族の長、飛藍皇子が裁かれているという
のは真か！」
凛とした声で一族名と名を告げた青年の瞳は、怒りに満ちていた。
床に伏せられている飛藍の姿を確認すると、奥歯を噛み締める。
同胞が受けている屈辱を目の当たりにし、許せないという表情だ。
「お前たち……！」
飛藍は門前に集まった仲間たちの姿を確認し、息を呑む。
遠い南西の地から、首長の身を案じ、はるばる馳せ参じた者たちの姿を、信じられ

ないといった様子で凝視している。

ああ、間に合った。

春玲は安堵した。

火事の夜、兵たちに牢へと連れていかれた飛藍の背中を見送りながら、自分にできることはないかと春玲は自問自答していた。

何もしなければ、きっと未来を読んだ光景のように、彼は罪人として処刑されてしまう。

将軍の振るう大剣で、その首を落とされるかもしれない。

遠い南方に故郷があるという、心根の真っ直ぐな遊牧民。

李瑠族の仲間たちに、飛藍の窮地を伝えれば助けに来てくれるのではないかと、飛藍の侍女である香南にすぐさま伝えたのだ。

春玲の言葉を信じてくれた香南は了承し、急いで文を書き、最速で送るようにと役人に告げた。

火事の炎が消え、後始末が終わり、裁きの場に飛藍がかけられるのは数日後だろう。

それまでに届くか、届いても彼らが宮廷まで間に合うかは賭けだったが。

昼も夜も関係なく馬を飛ばし、一分一秒も惜しいと、飛藍の危機に馳せ参じたのであろう。

それだけ、飛藍が故郷の一族から愛されている証拠であった。

門の中央、馬の背に乗りしゃんと背筋を伸ばす文瑛という青年は、再び声を上げる。

「いかなる理由があろうとも、我が一族の皇子を縛り、床に伏せさせるなど万死に値する！　これから指一本でも触れたならば宣戦布告とみなし、ここにいる全員で宮廷内に弓を放たせていただく！」

そう言うと、馬に乗った者たちが弓を手に握り、一同矢を構えた。

きゃあ、と妃嬪たちから大きな悲鳴が上がる。

「我が国全てを敵に回すというのか！」

信じ難い李瑠族からの宣戦布告に、将軍は驚愕した。

「皇子の命は、一族全員の命を賭けるだけの価値がある！」

文瑛の迷いない言葉が、合図となった。

珠瑞国の将軍と兵たちは腰の剣を抜き、反逆者の騎兵たちに刃を向ける。

一触即発の空気が流れる。

玉座の湖月は肘をつき、こめかみに指を当て、眉をひそめる。

自分の一言で、この場で命を取り合う合戦が起こってしまうからである。

張り詰めた空間。皆が湖月の次の言葉を待っていた。

ふう、と息を吐き、湖月はゆっくりと口を開く。

「……この中に、飛藍と床入りをした者はいるか？」

広場に集まった数十人が、皇子の問いの意味が分からず唖然としていた。

ひりついた空気を打ち破るには、いささか間抜けで安穏とした問いだ。

後列に並んでいる、着飾った妃嬪（ひひん）や女官や侍女は、お互いに顔を見合わせ、首を横に振っている。

今まで、化粧をした飛藍を男だと疑う者はいなかった。

たまたま、湯浴（ゆあ）み後の裸体を見てしまった春玲だけが、意図せず知ってしまった事実。

女だと思っていた妃嬪（ひひん）と、床入りをする女などいないだろう。

その反応を見て、湖月が小さく頷く。

「そうか。ならば今後もしこの中の妃嬪（ひひん）が見籠もり、子が産まれても、私の子に違いない」

湖月はそう結論づけ、手打ちにしようとしている様子だった。

地面に膝をついていた春玲と飛藍が、驚いて顔を見合わせる。

「こ、湖月皇子、まさかそれでお咎めなしとされるおつもりですか。事実を隠し、嘘をついてる者がいるかも知れませぬ」

玉座の側に立っていた宦官(かんがん)が異を唱える。

口頭での確認のみで許されるのならば、去勢までして皇族に仕える宦官(かんがん)としての立場がない、とでも言うように。

「では念のため、これから十月十日(とつきとおか)、私が誰とも床入りしなければよい。万が一、子を孕(はら)んだ者がいたらそれは私の子ではない。そうすれば違う血筋の者を世継ぎと取り違うこともないだろう」

それで異論はないな？　と湖月は将軍と宦官(かんがん)に向かって飄々(ひょうひょう)と告げる。

女嫌いの不機嫌な皇子は、そもそも誰にも夜伽をさせたことはない。十月十日など大したことはない、とばかりに。

将軍も宦官(かんがん)も、湖月にそこまで言われては二の句が継げず、黙り込んでしまった。

しかし、厳粛な裁きの場で、皇子自ら床入りをするだのしないだのと大声で言い合っているのは、なんだか滑稽であった。

「世継ぎを取り違えないことが目的なのだからな」

何か問題があるか、と憮然と話す湖月に、将軍と宦官が顔を見合わせる。

まだ納得はいかない、というような様子だ。

「弓を下ろすがよい、李瑠族の者よ。私はそなたたちの皇子に手を上げる気はない」

湖月は小さく口角を上げ、武官に命じる。

「……縄を解いてやれ」

後ろ手に縛られた縄を、控えていた武官が短刀で切る。

自由になった飛藍は、手首をさすりながら立ち上がった。

まさか、解放されるとは思っていなかった飛藍は、体の前で両腕を組み頭を下げ、

「皇子のご厚情、痛み入ります」

最大限の感謝を述べる。

そこで初めて、門前に一列に並んだ騎兵たちも、構えていた弓矢を下ろした。

一族の皇子の無事を確認し、中央の文瑛が片手を上げ武器をしまうよう指示した

のだ。

全員が皇子のために一昼夜休みなく馬で駆け、大国を敵に回すことも厭わずに命を懸けていたが、その意志は無駄ではなかった。

捕まった飛藍は、極刑さえも覚悟していた。

病弱の妹の代わりに後宮入りをした。恋する春玲を救えた。

だからもう、後悔はないと。

恋敵である不機嫌な皇子から、特赦をもらえるなど思いもしなかった。

春玲も、信じられないといった様子で、傷だらけの飛藍の手を握る。

「よかった、本当によかったです……！」

涙声の春玲に、飛藍も瞳を潤ませて頷く。

「ありがとう。君も無事で安心した」

自らの身を案じもせず庇ってくれた春玲の勇気は、強く飛藍の心を打った。

玉座の湖月が、よく通る低い声で問いかける。

「飛藍、そなたは南方の遊牧民、李瑠族の皇子で間違いないか」

その言葉に、飛藍は背筋を伸ばし答える。血に染まりぼろぼろだが、着ている服は遊牧民の伝統的な服だ。

「相違ございません」

もう偽ることはしない。自分は李瑠族の飛藍だ、と。

湖月は自分の顎を撫でながら、その場にいた全員が想像しなかったことを言った。

「飛藍。そなたには、宮廷を逆賊から救った栄誉を讃え、ここから数里先の東の城の統治を任せよう」

その命に、飛藍は大きな目を見開き、春玲はぽかんと口を開けた。

意味を理解できない二人は、お互い顔を見合わせる。

「性別を偽証した罪を赦したとしても、男と分かった以上、後宮に居座り続けることはできまい。かといって、宮廷内の内情を知ったまま追い出すわけにもいかん。丁度東の城を統治していた将軍を先の戦で失ってしまっていてな、ずっと空けておくわけにもいかない」

確かに妃嬪として部屋を与えられている彼に、そのまま過ごしてもらうわけにはいかない。しかし追放して敵国に宮廷の情報を与えられるのも避けたい。

とはいえ、一城を与え統治させるなど、最重要職務に就けるのは如何なものか。

「な、なぜそのようなことを」

将軍と宦官が、思いもよらぬ湖月の提案に、慌てふためき玉座に詰め寄った。

しかし二人にだけ聞こえるような低い声で、湖月は囁いた。

「聞け。飛藍は、数千人の配下を持つ李瑠族の皇子だ。私の側に置くことで、周辺国家と戦になった時に一族が力となるだろう。騎乗の戦では無敗の者たちだ。飛藍本人の弓の腕も立つし、周りの者からの人望も厚い。殺すのは惜しいだろう？」

馬に乗り、鳥や獣を仕留めることに長けている李瑠族が、戦でも強いのは過去の歴史が語っている。

飛藍が呼べば、きっと今回のように一族が加勢しに来るだろう。

彼が罪を被らなくて済むことに納得がいっていない家臣たちへの、いい大義名分であった。

そして――湖月としては、近くに置くことで、いつでも飛藍を見張っておける、という意味が大きかった。

春玲を救ったことを感謝はしているから殺しはしない。

ただ、自分の目の届かぬところで、春玲と関係を進めさせはしない。

自分にはない、底抜けの明るさや純粋さは、恋敵として強敵だと思ったからだ。

湖月の狡猾で策士な、本心だった。

「……湖月皇子の仰せのままに」

将軍と宦官は、今後の戦力になるのならばと納得し、湖月に頭を下げた。

臣下たちの反応を確認し、湖月は玉座から立ち上がる。

そして、門前の騎兵たちに向かって声高らかに告げた。

「李瑠族の者たちよ！　我が珠瑞国はそなたたちと同盟を組ませていただきたい。飛藍皇子には一城の主となってもらい、遊牧民で定住の地を持たぬそなたらの拠点として使用して構わない。お互い窮地に陥った時には力を貸そう！」

李瑠族の騎兵たちは、湖月の言葉に驚き、お互いに顔を見合わせていた。

中央にいる文瑛だけは真っ直ぐに湖月の瞳を見つめ、彼の真意を図ろうとしている。

そして一言、

「我々は飛藍皇子に従う」

と応じた。

その言葉を聞き頷くと、側近の静止の声には取り合わず、湖月はゆっくりと飛藍に歩み寄った。

藍色の衣を翻し、広場の中央へと進んでいく。

最も尊い存在であることを示す、冕冠の旒を揺らしながら、一歩一歩近づいた。

そして、傷だらけの飛藍の目の前で、今一度問いかける。

「我が珠瑞国は、今より李瑠族と同盟関係になる。よろしいだろうか、飛藍皇子」

臣下に命じる口調ではなく、あくまでも対等な相手への最大限の尊重を込めた言葉だった。

飛藍は腕を胸の前に重ね、敬礼をする。

「承知いたしました、湖月皇子！」

門前の騎兵たちから歓声が上がる。

弓を持った者たちは一族の皇子の言葉に従い、同盟関係を了承するつもりらしい。

飛藍は黒馬に乗った同志の文瑛を振り返り、二人は視線を交わし手を上げた。

そうして飛藍は目の前の湖月へと向き直る。

湖月は切れ長の目で真っ直ぐ正面から飛藍を見つめ、彼にだけ聞こえる小さい声で囁いた。

「大切な人を二度、失うところだった。受けた恩は返す。それだけだ」

幼き日に、目の前で毒を盛られ苦しみながら命を落とした母親だけでなく、初めて恋しく想った春玲も失うところだった。

火事が起きた際、湖月は部屋にいて、為す術がなかった。

この場で最も権威を持つ、藍色の衣に冠をつけた珠瑞国次期皇帝。

命懸けで多くの命を守った、人望の厚い、満身創痍の李瑠族首長。

二人の青年はしばし無言で見つめあった後、どちらからともなく笑い合った。

「この飛藍、必ずやこの国をお守りすることを誓いましょう」

「存分に励むがよい。裁きの場は以上だ」

不機嫌な皇子が、大衆の前で初めて微笑んだ瞬間だった。

終章　後宮の華、不機嫌な皇子

大きな損害を出した火事、犯人たちに対する処罰、そして飛藍への異例の特赦から数日が経った。

仮の部屋を与えられていた春玲に、新しい部屋が割り当てられた。

後宮の入り口に近い、一番豪華な部屋。

そこは、裕福な豪族、蔡家の娘として後宮入りし、先日帰郷刑を命じられた明杏が元々いた場所であった。

以前の春玲の部屋の何倍も広く、上等な家具が置かれており、妃嬪(ひひん)の中での地位の差が見て取れた。

慌ただしく追放されたせいか、衣服や調度品など、明杏の私物が置いたままになっている。

ふと屑(くず)入れの中を見ると、紙が一枚捨ててあった。

書き損じた文のようだ。

広げると、明杏が父親に、秘密裏に刺客を送り込み、気に食わない女を討つように依頼している内容が書かれていた。

春玲はため息をつき、見なかったふりをして文を細かく破く。

侍女の琳々が戸を叩き、部屋の中へと入ってきた。

「春玲様、門の近くで飛藍様がお待ちだそうです」

その言葉に、なんだろうと首を傾げると、鏡の前で身支度を整え門へと向かった。

宮廷の正門に行くと、遠目でも分かる美男子が、長い栗色の髪を風になびかせて立っていた。

「春玲、こっちだよ」

飛藍は裁きの日以来、妃嬪としての女の格好はせず、襟元に毛皮があしらわれている李瑠族の民族衣装に身を包み、剣を腰に下げている。

すらりと背が高く、細身の彼のよさを最大限に魅せる出立ちだ。

飛藍の横には、黒髪で太い眉毛の凛とした青年が立っていた。

「飛藍様こんにちは。そちらの方は……」

「は、文瑛と申します。以後お見知り置きを」

その凛とした声は、先日騎兵の中心で指示を出していた青年のものだった。

李瑠族の騎兵を引き連れ遠方から駆け、大勢の宮廷の兵の前でも怖気づかず、宮廷の前で宣戦布告をした文瑛だが、飛藍と談笑している様子は感じのいい青年にしか見えない。

「先日は薬を調合し送ってくださったおかげで、私の妻の病が改善されました。感謝しております」

文瑛はそう言うと、両手を胸の前で組み春玲に深く頭を下げた。

「文瑛は俺の妹の旦那だ。義理の弟ってことだな」

病気がちで婚約者のいる妹の代わりに、女装をして後宮に訪れた飛藍。

その事情を汲み、春玲が予知の巫女の力を使い、妻の未来を読み、薬を作り送ったのだった。

そういえば文瑛も、未来を読んだ映像の中、倒れた妹を支える姿を目の当たりにして知っていた。

「ほら、翠藍も」

飛藍に促され、二人の男の後ろからおずおずと姿を見せたのは、色白で大きな目のとても美しい女性だった。

「翠藍と申します。お兄様がお世話になりました。そして、お薬も本当にありがとうございました」

翠藍と呼ばれた女性は、恥ずかしがりながらも春玲に丁寧に頭を下げた。

化粧をした飛藍にそっくりの姿に、春玲は目を丸くして二人を見比べてしまった。

「はは、双子だから似てるだろ」

からからと笑う飛藍の横で、口元を押さえておしとやかに微笑む翠藍。

確かに後宮の華にそっくりだが、明るい飛藍と、落ち着いた翠藍では雰囲気が真逆だ。彼女が後宮入りしても、きっと美しさで噂が立ったに違いない。

翠藍はそっと隣の兄に耳打ちをした。

「お兄様、この方が文で言っていた、例の想い人の……？」

「しー！　翠藍、言うな馬鹿！」

最後は大きな声でかき消し、翠藍の口を手で塞ぐ飛藍。

聞こえなかった春玲が首を傾げていると、飛藍は頬を赤く染めて汗をかく。

「まあ、あれだ。春玲が文で仲間を呼んでくれたおかげで俺は無罪になったし、妹の病気もよくなったし、君には頭が上がらないって話だ！」

誤魔化すために飛藍が早口で春玲に礼を言う。

状況を理解した文瑛は、幼馴染の慌てっぷりに口元を緩ませ、翠藍は、あらあら、と珍しい兄の姿に驚いていた。

「本当によかった。またお薬をお作りいたしますね」

春玲の言葉に、翠藍と文瑛は再び感謝の意を述べる。

自己紹介が済んだため、文瑛が腕を組み、久しぶりに再会した飛藍に話しかける。

「それにしても、李瑠族首長の飛藍が、女の装いをして珠瑞国の後宮に入るなんて、改めて考えてもとんでもない話だ。仲間たちは皆、心配していたんだぞ」

確かにその通りだ。

飛藍が南方の遊牧民出身だというのは春玲も知ってはいたが、まさか皇子とは思っていなかった。残された者たちは、気が気でなかっただろう。

「皆が寝静まった夜に、誰にも言わず一人で宮廷へ向かってしまったのですもの、お兄様ったら」

翠藍が頬に手を置き、兄の安否を心配していたのだと告げる。

「それはお前が、そんな遠くの後宮なんて行きたくない、文瑛と結婚したいって四六時中めそめそ泣いてたから、兄の俺が一肌脱いだんだろ」

妹想いの飛藍が、翠藍を小突きながら苦笑する。

あらそうだったかしら、と、忘れているのかとぼけているのか分からない翠藍。

「まあ、俺は今後一族を束ねていく立場だからな。長い間栄えている大国の珠瑞国の内情や、その国の皇子とやらも、この目で見ておきかったというのもある」

考えなしに飛び出したわけではないと、飛藍が頬を掻く。

「でも、後宮は基本的には、一度入ったら二度と外に出られないところです。故郷には帰れない。どうするおつもりだったんですか?」

一度、早朝に門番の目を盗んで飛藍と二人で城下町と海へ行ったが、囮を使うあのやり方では、同郷である侍女の香南は後宮に置き去りにしてしまう。

「春玲、いい質問だね」

人差し指を立て、得意そうに後宮から逃げるための作戦を語り出す飛藍。

「年に一度、この国は奉納祭を行う。他国の諸侯を集めて、その国の特産品を貢ぎ物として献上してもらう対価として賃金や宝物を渡すんだ。李瑠族も狩りで採れる毛皮や肉が高価で売れるから訪れる」

奉納祭は、城下町に住んでいた春玲も聞いたことがあった。

遠方の諸国から様々な人々が宮廷に貢ぎ物を納め、皇帝や皇子と歓談する催事だ。

城下町もお祭り騒ぎで、多くの出店や商品が売られ、店が繁盛するのだ。

　そして、人が多く集まるということは怪我人も増える。実家の医院が繁盛するのも、その期間だった。

「奉納する場所は後宮の近くの宮だ。俺の部屋の沐浴所の岩が外れて裏道へと出られるから、その辺りに李瑠族の馬車を置いてもらい、香南と一緒に空いた果物籠にでも忍び込んで仲間と帰るつもりだったのさ」

　我ながら名案だと、逃走時期や経路まで考えていた飛藍は得意げに語る。

　確かに、多くの人でごった返す奉納祭なら、こっそり馬車の荷物に紛れて外に出ることは可能かもしれない。春玲は小さく拍手をして頷く。

「その作戦は文でもらって確認していたが、そんなにうまくいくか疑問だったな」

　文瑛が口をへの字にし、翠藍も小さく頷き笑っている。

「まあいいじゃないか、結果的にお前たちが駆けつけてくれたおかげで、俺は生きて、珠瑞国と同盟を組み、城までもらえたんだから」

　南方の少数民族である李瑠族が、その騎兵の実力と、皇子への忠誠心を買われ、同盟を組めたのは確かに名誉なことである。

「お兄様の無事が一番ですわ。どうか、これからもお身体にお気をつけて」

翠藍が柔らかな笑みを浮かべ、優しい声で兄を労う。

「じゃあ、俺たちは一度故郷に戻る。もし何かあったらすぐ呼んでくれ」

「ああ、助かったよ。気をつけてな」

文瑛と飛藍は固く手を握り、別れの挨拶をする。

「春玲殿、重ね重ね、ありがとうございました。あなたが飛藍様の窮地を文で伝えてくださったおかげで、助けに来ることができました。我らの恩人です」

文瑛は春玲の目を見つめると、心から感謝し、頭を下げた。

「四季が巡り夜が明ける間、あなたの側にいつもご加護がございますように」

歌うように言葉を紡ぎ、翠藍と文瑛は胸に手を当てた。

それは、暑い日も寒い日も一年中馬で駆け、高い星空を眺め眠りにつく彼らの、大切な人の幸せを願う挨拶だという。

「こちらこそ。お二人とも、どうかお帰りの道中お気をつけて」

春玲の言葉に頷くと、少し先で馬に乗り待っていた、他の李瑠族のもとへと文瑛と翠藍は歩いていった。

途中、翠藍が振り返り、優しい笑顔で手を振ってきたので、飛藍も春玲も手を振り返す。

「まさか君が、俺の一族に文を送って助けてくれるとは思わなかった。万事休すと諦めていたんだけど」

飛藍は傷だらけの腕にまだ包帯を巻いている。

さすがに死を覚悟したのだろうが、予知の巫女として未来を読み、絶対にそんなことはさせないと誓った春玲の強い意志が、彼の未来を変えたのだった。

「あの日海で、私のことを守ってくださるとおっしゃいましたよね。私も、飛藍様をお守りします」

その春玲の言葉に飛藍は、はっと息を呑む。

ついこの間まで、俺が守らねばと思っていた、城下町出身の純朴な少女。

そんな彼女の強い意志と、成長を感じた。

「そうだ、火事のせいでうやむやになってしまいましたが、あの日飛藍様、何か話したいことがあって部屋に呼んでくださってましたよね。どんな要件でしたか?」

明杏に薬を盛られた茉莉花茶（まつりかちゃ）を飲み、気を失い、燃え盛る部屋に取り残されてしまったあの日。本当なら彼の部屋に行き話を聞くはずだったのだ。

飛藍は春玲への想いを素直に伝え、駄目なら諦めようと覚悟していたのだが。

「ああ、そうだったね。ええっと……そうだなあ」

急にこの場で告白するわけにもいかず、飛藍が頬を掻きながら考えていると、
ごーん、ごーん、ごーん。

城内に鐘の音が鳴り響いた。

「ああそうだ。鐘の音が鳴ったら、春玲と二人で部屋に来るように湖月皇子から言われてたんだ」

一族との別れがあるので門に向かうと飛藍が告げたところ、湖月から鐘が鳴る頃に戻ってくるように伝えられていたのだという。

「そうなんですね、では向かいましょうか」

春玲は頷き、再び飛藍の告白は流されてしまった。

甲冑（かっちゅう）を着込んだ近衛兵が、湖月の部屋の前に立っている。

春玲が恐る恐る扉の前へと立つと、湖月から通せと命じられていたのだろう、近衛

兵は二人に入るように促した。

「失礼いたします、湖月様」

先日部屋に呼ばれた際には、床入りを命じられたのかと怖気づき、体調不良という嘘をつき欠席したため、春玲が湖月の部屋に入るのは初めてだった。

白い大理石に、絨毯が敷かれた床を歩いて進む。

「遅れてすまない、言われた通り春玲と二人で来たよ」

飛藍が部屋の奥へと進んでいく。

「ああ、待っていた」

書物が多く置かれている奥の部屋から、湖月が姿を現した。

すぐさま春玲は頭を下げ、挨拶を述べる。

「春玲が参りました。如何なさいましたでしょうか」

湖月と会うのも、数日ぶりであった。

焼け落ちた後宮の後処理などで慌ただしくしていたが、ようやく落ち着いたのであろう。

湖月が椅子に座ると、春玲と飛藍に向かい合う形をとる。

黒い目でじっと春玲を見つめ、しばし黙った後、湖月はゆっくり口を開いた。

「春玲、そなたに直接、伝えたかったことがある」

頭を上げて、何事だろうと春玲は湖月と目を合わせる。

そのまま数秒見つめ合っていたが、湖月は意を決したように息を吐き、口を開いた。

「そなたには、私にとって大切な存在になってもらう」

低い声が、鼓膜を揺らす。

「え？」

春玲と飛藍の声が同時に上がった。

何事か分からず、春玲は瞬き（まばた）をして首を傾げる。

飛藍は一瞬で背中に冷や汗をかいた。

まさか。

今この場で、春玲を妃にするつもりではないか。

三人しかいない今、想いを寄せている俺に見せつけるため、皇子の権力を使い妃になるよう命じるのではないか。

急な出来事に頭が追いつかない。

用があるから部屋に来いと今朝言われたばかりで、そもそも理由は聞かされていなかった。

性別を偽った罪を、特別に許してくれた恩人である湖月。

だが、次期皇帝という立場の彼に恋しい春玲を奪われたら、手も足も出ない。

飛藍には、湖月の次の言葉までの時間がとてつもなく長く感じられた。

今すぐ春玲の肩を抱き、奪い去ってしまおうかという考えまでよぎった。

しかし、続く湖月の言葉は、予期せぬものであった。

「春玲、そなたに宮廷医師の任に就くよう命じる」

よく通る低い声が、広い部屋に響く。

「え？」

再び、春玲と飛藍の情けない声が重なった。

「私の長年の不調を治した。どの医師も気がつきもしなかったのに、だ」

月の出る夜、池に架かる橋の上で、冷たい指先を触ったことで湖月が不眠を患っていることに気がついた春玲。

粉薬を手渡し、毎晩悪夢にうなされる湖月を苦しみから解放した。

そして何より、心の奥底にしまい込まれ誰にも言うことができなかった話を聞き、淀んだ昏（くら）い心の内を癒した。

その功労が認められた瞬間である。

宮廷医師は、腕のよい選ばれし者しか就くことはできない。

長年宮廷に仕えた者が選ばれるのが常で、まだ来て数ヶ月の若者の春玲が任命されるなど、異例である。

「どうだ、やってくれるか」

「はい！　もちろん、喜んでお受けいたします」

春玲は夢のような提案に、即答した。

暇を持て余し、女同士の嫉妬にまみれた世界での生活はこりごりだった。

宮廷内に、体調に悩む人はたくさんいた。その人たちの役に立てるのは嬉しい。

「何を間抜けな面をしている」

口を開けたままの飛藍に、湖月が冷たく言い放つ。

宮廷医師か、そうか、よかった。

飛藍は背中で強く拳を握り締め、安堵した。

「一城の主と宮廷医師、どちらも躍進だな」

任じたのは皇子である自分だというのに、湖月は他人事のように告げる。

そして瞳を輝かせて見上げる春玲に、目を細めて笑いかける。

「祝いの席を準備した。二人とも、庭へ参れ」

湖月は立ち上がり、驚いている春玲と飛藍を部屋の外へと案内した。


祝いを兼ねて、湖月自ら先日お茶会を行った庭で食事を取ろうと提案してきた。

春玲はまさか自分が、尊敬する祖父と同じ宮廷医師の立場になれると思っていなかったため、胸が躍る。

三人並んで歩きながら庭へと向かう最中、第二皇子の翔耀と回廊ですれ違った。

「やあ。お前、男だったんだな。俺の側近にならないか？」

皇子とは思えない気さくな口調で、翔耀は男性の姿の飛藍に声をかける。

後宮の華と呼ばれていた飛藍が実は男だったという驚きの事実は、男色家である翔耀の耳にも入っていたのだろう。

急な提案に、飛藍は面食らい立ち止まる。

「翔耀兄上、ご冗談を」

湖月が眉を上げ、陽気な兄を諌める。

翔燿はまじまじと、文字通り頭から爪先まで男の姿の飛藍を眺めた。

「いい男だな、飽きたら俺にくれ」

上機嫌で口笛を吹く翔耀が、飛藍の頬を撫でる。

感情がすぐ表情に出る飛藍は、見るからに嫌そうに顔をしかめていた。

第二皇子でなければすぐさま手を振り払うところを、必死に耐えている。

「私のものではありませぬが、考えておきます」

兄の言葉を簡単に却下はできないのだろう。

湖月は苦笑しながら会釈をし、再び歩き出した。

楽しそうに笑いつつ、後ろ手で手を振り翔耀は颯爽と去っていく。

凄い世界だな、と春玲は呆気に取られ、そのやりとりをただ見つめていた。

翔耀が去った後、湖月に見えないように飛藍が自分の頬を袖で拭う。

気色悪い、というように舌まで出しているので、春玲も思わずつられて笑ってしまった。

庭園に着くと、相変わらず様々な花が咲き乱れており、甘い香りが広がっていた。

手入れされた美しい庭に、春玲が感嘆の声を上げる。

お茶会の際に使った卓の上に、女官が持ってきた食事が次から次へと運ばれてくる。

焼いて、蒸して、煮て、炒めた、様々な料理が皿に盛られている。

「好きなだけ食べるがよい。酒もある。全て、毒見もしてある」

湖月の言葉に返事をするように、飛藍の腹の虫が鳴った。

春玲が噴き出すと、朝から何も食べてなかったからなぁ、と飛藍も照れて笑う。

飛藍と春玲は酒を、下戸の湖月は茶を持ち、乾杯をした。

よく煮込まれた肉を口に運ぶと、ほろほろととろけて美味しい。

飛藍は様々な種類の料理を皿に盛っている。

湖月はそんな様子を見ながら、慌てずとも飯は逃げん、と呆れて注意している。

ここ数日の怒涛（どとう）の日々を忘れるような、穏やかな空気。

この三人が、陽の光の当たる美しい庭園で、食事を囲む日が来るなんて想像できただろうか。

感情を表さない冷徹な湖月と、女だと偽って無理して嫋やかに振る舞っていた飛藍が、こんなにもありのままの姿でいることが、春玲にとって嬉しかった。

「湖月様は、よく笑うようになられましたね」

春玲が話すと、黒い目がこちらを向いた。

不機嫌な皇子と呼ばれ、後宮に来た初日、謁見の場にて一言しか喋らなかった人と、今目の前にいる人が同一人物とは思えない。

湖月はしばし目を伏せ、そっと語った。

「母上の代わりに、私が死ねばよかったなどと思うことは、もうやめた」

彼の心の中に巣食い、人生に影を落としていた、辛い出来事。

「私の幸せを願ってくれた母上のために、私も自分の幸せのために生きてみようと思ってな」

月を見上げ、変えられぬ過去と、皇子として生まれた運命を嘆くのにはもう飽きた。

そう簡単に人は変わることはできない。

ただ、嘆くばかりではなく、少しずつ前を向いてみようと思ったのだ。

「胸のつかえが取れた。もう悩むことはないだろう」

それを乗り越えることができたのは、他でもない春玲のおかげだった。

側にいたい、共に笑いたいと湖月が思うのは、当然のことだ。

「よかったです。湖月様は笑顔が似合います」

春玲の言葉に、湖月が微かに口角を上げた。

まだ慣れない、ぎこちない笑顔。

「……予知の巫女としてのそなたの能力は、公には内密にしておこう」

湖月が声をひそめて告げる。

飛藍も彼女の能力を知っているのだろうと読んでいた彼は、このことも話すため、他に誰も聞く者のいない三人だけの食事の席を準備させたのだ。

「得体の知れない巨大な能力には、常に恐れと嫉妬がつきまとう」

春玲の祖母、予知の巫女の春鳳は、百発百中の未知なる能力を重宝されていたが、そのせいで恨みを買い、暗殺されてしまった。

「そなたを恐ろしい目に遭わせたくはない。負の連鎖は、私の母上で終わりにしたい」

権力争いと女の嫉妬にまみれた、閉ざされた空間。

魔の住まう後宮でその能力を使えば、必ず不和を生むと思ったのだろう。

「飛藍の未来を読み、救ったのもそなたの力だろう？」

春玲と飛藍に交互に視線を送り、湖月は目を細める。

「……湖月様は、全てお見通しでいらっしゃいますね」

明杏に薬を盛られた茶を飲み倒れてしまったせいで、火事になる未来は変えることができなかった。

だが、高潔で優しい飛藍が処刑される未来は変えることができた。

それが春玲の確かな誇りとなっていた。

「今後、何か未来を読んだら私に伝えよ。そしてこの国をよき道へ導いてくれ」

「はい！」

三人だけの温かな卓で、春玲は元気よく返事をする。

不機嫌な皇子と言われていた湖月も含めて、本当に心から笑い合えたのは初めてだと春玲は思った。

「そうだ、私お二人に差し上げたいものがあるんです。少しお待ちいただいてよろしいですか？」

何かを思い出したのか、春玲が手を打つと、そそくさと離席した。

頷き、彼女の背を見送る。

湖月と飛藍、二人きりの空間で、気まずい空気が流れる。

「……いや、驚いた。まさか彼女を宮廷医師にするとは。俺を城主にする提案といい、湖月皇子の考えることは俺には思いつかないな」

「そうだろうか」

腕を組み、しみじみと呟く飛藍に、取るに足らぬことだと表情を変えない湖月。

「俺はさっき、湖月皇子が春玲へ妃になるよう命じるのかと思ったよ」

飛藍は、そんなわけないか、と言って笑っていたが、湖月は首を傾げた。

ゆっくりと、注がれた菊花茶を飲みながら、本心を語る。

「それは今ではない。春玲に、そなたへの気持ちが少しでもある状態で、無理やり命じても意味はない」

それは、正々堂々とした宣戦布告であった。

「……は？」

湖月の言葉に、飛藍が思わず声を上げる。

飛藍が男と分かったことで、彼の春玲への想いも、湖月には筒抜けであった。

相手にとって不足はない。それを理解した上で李瑠族との同盟を提案したのだ。

春玲も、気さくに話しかけてくれ、命を救ってくれた飛藍に少なからず好意はあるだろう。

「少しの迷いも後悔もない状態で、私の妃へと迎え入れる」

そうすることができるという、自信に満ちた、湖月の強気な言葉だった。

「それに宮廷医師は、いつでも自分の部屋に招くことができるしな」

なんとも尊大な宣戦布告だ。

丁度酒を口に含んでいた飛藍が、むせ返った。

げほげほ、と咳払いをする。

確かに、皇子が妃嬪を部屋に呼ぶとなれば、やれ床入りだ、世継ぎだと周りが囃し立てる。

しかし、体の調子が悪いからと宮廷医師を呼ぶ分には、誰にも止められず、二人だけでゆっくりと時間が過ごせるだろう。

口を拭い、正面で悠々と茶を飲んでいる第三皇子を見つめる。

「……あんた、性格悪いのな」

皇子に対する態度ではなく、ただの恋敵へ対する言葉遣いで呟き、飛藍が呆れる。

何事も真正面から正々堂々と行いたい飛藍は、湖月の何重にも張り巡らされた綿密な手法に、もはや尊敬の念すら感じていた。

「春玲にも意地悪だと言われたな。直す気はないが」

暴言を咎めることもなく、飄々とした調子で湖月が告げる。

魔の住まう宮廷で、性格が曲がらずに生きることなどできるか？　と、湖月は開き直っているようだ。

「そういえば、最近書物で読んだのだが」

頬杖をつきながら、やけに饒舌な湖月は続けて語る。

「李瑠族の伝統では、一生添い遂げると誓った女性に、首飾りを捧げるのだな」

飛藍が口に運んだ米を咀嚼しつつ、顔をしかめた。

自分の一族の間では当たり前の言い伝えだが、この辺りで生まれ育った者は知らないはずだ。

宮廷には膨大な量の書物が保管されている。

朝からずっと、湖月が部屋の中の尚書室に籠もっていたのは、遊牧民の文化や習わしが書かれた書物を探し、読んでいたのだろう。

「春玲に首飾りの本当の意味も伝えられないとは、そなたこそ不能なのではないか？」

冷たい言葉に、飛藍は鼻っ柱に拳を喰らったような衝撃を受けた。

「あんた、まさか聞いて……」

飛藍が吹聴した皇子への悪口が、本人まで届いていたようだ。

首飾りの意味を伝え、告白すると決めた夜に火事が起きて、うやむやになってしまったんだ。

飛藍はそう主張したかったが、もはや言い訳もできない。

頬杖をつきながら挑発的に笑う湖月に、面食らった飛藍は半ば諦めて、嫌味ったらしく頭を下げる。

「……そんな愚かな俺の命を救ってくださり、ありがとうございます、皇子様」

「ああ、存分に私を守ってくれ、皇子様」

そう言って、二人の皇子は皮肉げに笑い合う。

湖月と飛藍は今や、同盟を組んだ、一国の最高権力者同士。

民の未来を背負った皇子たちも、愛しの女性を前にすれば一人の男に過ぎないのだった。

「お待たせしました！　こちらの蜜柑、家から送ってもらったんです。よかったら皆さんで食べませんか？」

お茶会の席で披露し好評だった、医院で会った患者の話。

果樹園の主人を助けたことによりもらった種で、実家の医院では蜜柑がたくさん採れるのだと。

その蜜柑が今年も豊作だと、両親が送り届けてくれたのだった。

「美味しそうだな、ありがとう」

飛藍が新鮮な果物に喜び、礼を言う。

「お二人とも、何を話していたんですか？」

蜜柑の皮を剥きながら、春玲は自分はがいなかった時間に二人きりで何を話していたのか、ふと尋ねた。

「他愛のない話だ」

「男同士の秘密だよ」

二人の声が重なり合う。

恋敵たちは目を合わせ、肩をすくめた。

秘密の話をするなんて、随分仲良くなったんだな、と春玲は笑った。

恋した一人の女性の前では、身分も立場も関係ない。

後宮の華と呼ばれた青年と、不機嫌な皇子と呼ばれた青年は、好敵手同士、手に持った器で乾杯した。

もう離すまい、俺の花嫁

家では虐げられ、女学校では級友に遠巻きにされている初音。それは、異能を誇る西園寺侯爵家のなかで、初音だけが異能を持たない「無能」だからだ。妹と圧倒的な差がある自らの不遇な境遇に、初音は諦めさえ感じていた。そんなある日、藤の門からかくりよを統べる鬼神――高雄が現れて、初音の前に跪いた。「そなたこそ、俺の花嫁」突然求婚されとまどう初音だったが、優しくあまく接してくれる高雄に次第に心惹かれていって……。あやかしの統領と、彼を愛し彼に愛される花嫁の出会いの物語。

定価：726円（10%税込み）　ISBN：978-4-434-33087-2

イラスト：ザネリ

函館のカムイは
銭湯がお好き――？

祖父の葬儀のため生まれ故郷である函館に戻ってきたみゆりは、八年前に死んだ愛猫のさくらと再会する。猫又となってみゆりの元へと帰ってきたさくらは、祖父の遺産である銭湯をなくさないで欲しいと頼み込んできた。みゆりはさくらとともに、なんとか銭湯を再建しようと試みるが、そこにアイヌのあやかしたちが助けを求めてきて……

ご当地ネタ盛りだくさん！　函館愛大大大増量の、ほっこり不思議な銭湯物語。

定価：726円（10%税込み）　978-4-434-33091-9

イラスト：細居美恵子

こちら、地味系人事部です。
~眼鏡男子と恋する乙女~
秦朱音
Akane Hata
うちの給与は末締めです!
会社員が行き交う街、品川。『株式会社フロムワンキャリア』の社員・三郷茉美は、営業部員として月末月初の慌ただしい日々を送っていた。入社三年目を迎え、今後のキャリアに向かって動き出す同期達を横目にルーティンをこなす毎日。将来に悩みつつも何もできないでいた彼女は、人事部に所属する先輩社員・藤堂厚に出会う。地味な容貌ではあるものの、ハッキリとした物言いと真っ直ぐな働き方の藤堂に惹かれた茉美。久々の恋に浮かれつつ、改めて頑張ろうと決意するが……ある日、突然の辞令で藤堂が所属する人事部労務課に異動することになり——？　部署が変われば働き方も変わる!?　新米人事部員のお仕事奮闘記！
◉定価：726円（10%税込み）　◉ISBN:978-4-434-33090-2
◉Illustration：Minoru
異動を命ずる——
部署が変われば、働き方も変わる

この作品に対する皆様のご意見・ご感想をお待ちしております。

おハガキ・お手紙は以下の宛先にお送りください。

【宛先】

〒150-6008 東京都渋谷区恵比寿 4-20-3 恵比寿ｶﾞｰﾃﾞﾝﾌﾟﾚｲｽﾀﾜｰ 8F
（株）アルファポリス　書籍感想係

メールフォームでのご意見・ご感想は右のＱＲコードから、
あるいは以下のワードで検索をかけてください。

ご感想はこちらから

アルファポリス文庫

後宮の華、不機嫌な皇子　～予知の巫女は二人の皇子に溺愛される～

たかつじ楓（たかつじ かえで）

2023年 12月 25日初版発行

編　集－反田理美・森 順子
編集長－倉持真理
発行者－梶本雄介
発行所－株式会社アルファポリス
　〒150-6008東京都渋谷区恵比寿4-20-3 恵比寿ｶﾞｰﾃﾞﾝﾌﾟﾚｲｽﾀﾜｰ8F
　TEL 03-6277-1601（営業）　03-6277-1602（編集）
　URL https://www.alphapolis.co.jp/
発売元－株式会社星雲社（共同出版社・流通責任出版社）
　〒112-0005 東京都文京区水道1-3-30
　TEL 03-3868-3275
装丁イラスト－淵゛
装丁デザイン－西村弘美
印刷－中央精版印刷株式会社

価格はカバーに表示されてあります。

落丁乱丁の場合はアルファポリスまでご連絡ください。

送料は小社負担でお取り替えします。


ISBN978-4-434-33088-9 C0193